Michael Inneberger

Geschichten aus der Welt
- um uns herum

Storyteller im Chiemgau

Short-Stories

www.Autorenwort.de

Bibliografische Information der Deutschen Nationalbibliothek
Die Deutsche Nationalbibliothek verzeichnet diese Publikation in der Deutschen Nationalbibliografie; detaillierte bibliografische Daten sind im Internet über www.dnb.d-nb.de abrufbar.

Chiemgau Oktober 2010
3. Auflage März 2011

Herstellung und Verlag: Books on Demand GmbH, Norderstedt

ISBN 978-3-8423-1949-3

Umschlaggestaltung, Satz und Layout: Michael Inneberger
Lektorat: Sabine Redelbach
www.Autorenwort.de

Danke
an alle, die mich bisher unterstützt haben und wissen, welche Arbeit
hinter jeder dieser Geschichten steckt.

Die Geschichten, die ihr auf den nächsten Seiten lesen könnt, werden
Euch hoffentlich gut unterhalten. Kurze Geschichten sind „kleine
Romane". Die Herausforderung, mit wenigen Seiten Stimmung beim
Leser zu erzeugen.

Einige meiner Erzählungen habe ich in diesem Buch
zusammengefasst, weil es mittlerweile viele Anfragen nach der einen
oder anderen meiner Geschichten gab.

Gern könnt Ihr mir Eure Meinung oder Eure Gedanken zu den
Geschichten an folgende E-mail-Adresse schreiben:

autorenwort@t-online.de

www.autorenwort.de

Die erwähnten Orte gibt es im Chiemgau.
Die Handlungen und Personen in diesen Geschichten sind natürlich
frei erfunden und ohne jeden Zusammenhang zu lebenden oder bereits
verstorbenen Personen.
Sollte trotzdem jemand denken, sich darin wieder zu finden,
so ist das rein zufällig.

Euer Storyteller aus dem Chiemgau
Michael

Inhaltsverzeichnis:

Eine Sammlung von Short-Stories.

Der Autor Michael Inneberger wurde in Bad Reichenhall
geboren und lebt im Chiemgau.

Die futuristische Satire des Chiemgauer „Klempner Huber"
erreichte 2010 zwei Preise:
Erster Platz in München zur Haidhauser - Werkstatt - Lesung
im Oktober 2010
Zweiter Platz in Salzburg - Literaturhaus – Erostepost Lesung
im September 2010

„Diebestour" erhielt im Oktober 2010 den ersten Platz, bei der
Erostepost Veranstaltung „lesen lassen", im Salzburger Literaturhaus.

Drei weitere Geschichten erreichten beim Wettbewerb „Lesen lassen"
im Salzburger Literaturhaus jeweils den zweiten Platz.

„Begabt erzählte Geschichten" - Norbert Wehr, Kritiker und
Herausgeber des Kölner *Schreibheftes*

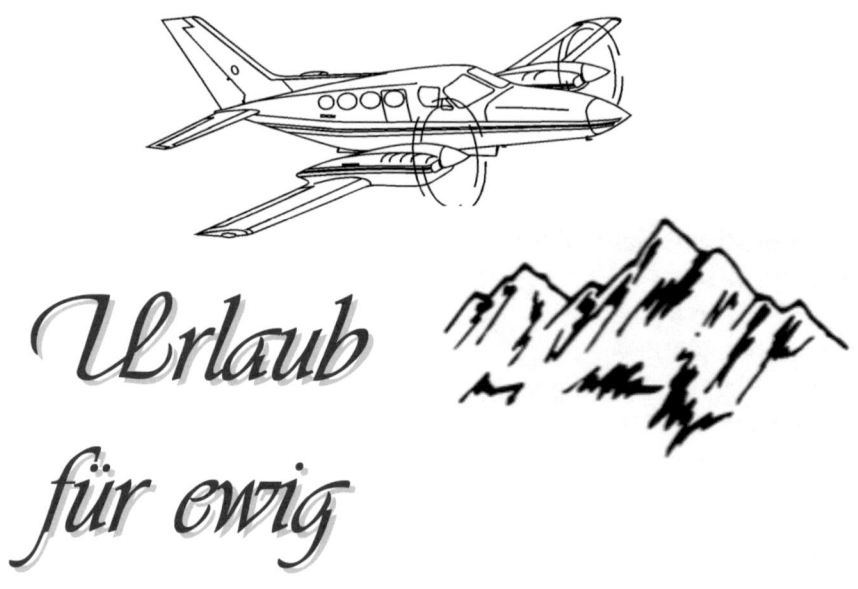

Urlaub für ewig

Die Geschichte, die ich Euch heute erzählen will, ereignete sich vor vielen, vielen Jahren, im Sommer anno 2007, im Chiemgau.

Ihr fragt Euch sicher, was ich mit dieser Geschichte zu tun habe, oder warum ich mich noch so genau daran erinnere?
Nun ja, eigentlich war ich nicht direkt dabei, als es geschah. Trotzdem: Wer sollte Euch die Ereignisse der damaligen Zeit besser erzählen können als ich?
Um zu beginnen, drehen wir das Datum zurück auf den 03.08.2007 und steigen dort in die Geschehnisse ein:

Der Nachmittag dieses Freitags stellte sich für Paul Goldhuber etwas stressig, aber dennoch aussichtsvoll dar.
Er hatte seine E-mail Post erledigt, und sein Arbeitsplatzrechner meldete: „Windows wird heruntergefahren. Sie können den Computer jetzt ausschalten".
Mit einem schwarzen Jackett über dem Arm stand er aufbruchbereit im Türrahmen zum Büro seines Geschäftspartners.

«Also dann Ludwig, ich habe das Wichtigste noch erledigt», machte sich Paul bemerkbar.
Ludwig blickte vom Monitor auf, erhob sich vom Bürostuhl, eilte um den Schreibtisch herum und streckte Paul beide Hände entgegen:
«Paul, ich wünsche dir einen erholsamen Urlaub. Keiner hat ihn sich mehr verdient als du.»
Paul ergriff die Hände von Ludwig und für einen kurzen Moment drückte er sie fest.
«Halt die Ohren steif», nickte Paul fast melancholisch.
Die Mittagszeit war eine ungewöhnliche Feierabendzeit für Paul. Normalerweise kam er erst sehr spät aus dem Büro.

Eigentlich konnte er sein laufendes Projekt nicht sich selbst oder seinem Geschäftspartner überlassen, da Ludwig gewissermaßen ebenso urlaubsreif war. Dennoch nahm er sich seit Jahren regelmäßig im August eine zweiwöchige Auszeit.
Paul Goldhuber führte zusammen mit seinem Freund Ludwig Korn ein florierendes Softwarehaus.
In den letzten 15 Jahren hatten die beiden das Unternehmen kontinuierlich ausgebaut und neue Geschäftsstrukturen erschlossen. Ihre Klientel erstreckte sich mittlerweile quer durch Europa.
Da sich der Firmensitz in Chieming befand, waren sie relativ zentral angesiedelt und konnten Ihre Kunden mit der firmeneigenen Cessna vom Salzburger Airport aus in wenigen Stunden erreichen.

Paul Goldhuber liebte seinen Job, so sehr er dadurch auch in Anspruch genommen wurde. Er hatte auch eine große Verantwortung für seine mittlerweile 19 Mitarbeiter zu tragen.
Da blieb ihm in den letzten Jahren nur wenig Zeit zur Erholung.

Er wusste, dass vor allem seine Frau unter seiner 70-Stunden-Woche und den wenigen freien Tagen, die er sich gönnte, zu leiden hatte. Trotzdem fühlte er stets ihre positive Haltung ihm gegenüber und zu seiner wichtigen Arbeit. Schließlich musste *sie* aufgrund der seit Jahren tiefschwarzen Firmenbilanzen nicht mehr arbeiten und konnte sich um das große Anwesen und den Garten am Chiemsee kümmern.

Im Januar hatte er sich zuletzt zwei Tage frei genommen, obwohl er aufgrund der Auftragssituation eigentlich keine Zeit dafür verspürte. Maria hatte ihm da zu seinem Geburtstag einen zweitägigen Wellnessaufenthalt in so einem Nobelhotel in St. Moritz geschenkt. Zu seinem runden Fünfziger hatte er sie schließlich nicht enttäuschen können. Also hatte er bei diesem Wellnessprogramm mitgemacht, obwohl er bisher nicht unbedingt auf der Wellnesswelle mit geschwommen war.

Ganz anders dagegen war der regelmäßige Urlaub im Sommer für ihn. Diese zwei Wochen waren mittlerweile in seine Projektplanungen eingebaut und er konnte die Zeit seit 10 Jahren für sich freimachen. Zusammen mit Maria fand er in diesen vierzehn Tagen in ihrem gemeinsamen Landhaus in der Toskana Ruhe und Erholung, um danach frisch aufgetankt wieder an die Arbeit zu gehen.

Dieses Jahr blieb ihm nichts anderes übrig, als die Koffer für sich und Maria allein zu packen.
Er wusste in etwa, was für die zwei Wochen notwendig war, holte die beiden Hartschalenkoffer aus dem Keller herauf und legte sie

nebeneinander auf ihr Ehebett. Das Bett, indem sie zuletzt intim waren. Wann war das noch gewesen, überlegte er.

Er begann, Marias hübsche Kleider zusammenzulegen und sorgfältig in einen der Koffer zu packen, damit sie nicht zu sehr verknitterten. Jene Kleider, die sie dann wieder anziehen konnte, wenn sie beide zusammen in ihrem italienischen Lieblingsrestaurant die leckeren Rigatoni und den herrlich mundenden Rotwein aussuchen würden…

Er hatte den halben Koffer seiner Frau gepackt, als er vor der Spiegeltüre des massiven Buchenkleiderschrankes in ihrem großen Schlafzimmer stand.
Er unterbrach seine Tätigkeit und blieb stehen, um sein Spiegelbild darin zu betrachten.
Warum hat sie das getan?, überlegte er.
Bin ich nicht mehr attraktiv genug?, fragte er sich.
Sicher hatte er neben seiner Arbeit wenig Zeit, um sich noch sportlich zu betätigen, das war ihm klar.
Er drehte sich etwas zur Seite, um seinen Bauchansatz einzuschätzen.
Es war nicht zu bestreiten, dass dieser in den letzten zwei bis drei Jahren etwas gewachsen war.
Na ja, wenn er so recht überlegte, konnte die Zellteilung seines Bauchgewebes auch schon vor fünf bis sechs Jahren begonnen haben.
Er machte die rasende Zeit dafür verantwortlich, dass er sich nicht mehr so genau erinnerte.
Jedoch fand er seinen Überhang nicht schlimmer als den anderer Männer in seinem Alter. Schließlich war er ja bereits fünfzig!
Da konnte man doch keine Sixpacks eines jungen Zwanzigjährigen mehr erwarten, oder?, fragte er sich.
Sein Blick wanderte zu seinen Haaren. Die sind doch noch größtenteils vorhanden, nickte er leicht vor dem Spiegel. Klar konnte er an den Seiten und Schläfen jetzt mehr graue als braune Haare zählen, wenn er

es genauer betrachtete. Aber graues Haar macht einen Mann mit fünfzig doch noch interessanter, hatte er mal in einem Film gehört. Oder war es ein Buch, in dem er das gelesen hatte?

Auf alle Fälle sah er immer gepflegt aus. Das war er schon allein seinen Kunden und seiner Position schuldig, rechtfertigte er sich. Auch jetzt stand er in einem schwarzgrauen Anzug, tadellos gesellschaftsfähig gekleidet, vor dem Spiegel. In einem seiner vielen Anzüge, die seine Frau doch immer liebevoll und sorgfältig für ihn gebügelt hatte.

Woran lag es also?, zermürbten ihn seine Gedanken.
Gut ..., Maria war zehn Jahre jünger als er. Aber es hatte sie doch nie gestört, und sie hatten sich doch geliebt, glaubte er.
Er liebte sie doch!
Sie sah auch sehr attraktiv aus für eine Frau mit vierzig, konnte er nur bestätigen.

Die letzten Tage in seiner Arbeit hatte er es durch Ablenkung noch verdrängen können, doch jetzt stand Paul allein vor dem Spiegel, und seine Gedanken überwarfen sich.

Der andere war auch erst vierzig.
Also doch das Alter, kam ihm wieder in den Sinn.
Gut, über Aussehen konnte man streiten, aber Paul konnte nicht behaupten, dass der andere attraktiver war als er.

Was war also letztlich der Grund, warum Maria so handelte?
Er suchte nach einer Erklärung.

Dabei nahm er das blaue Abendkleid aus dem Schrank, in dem er sie immer am attraktivsten fand und legte es in den Koffer.

Marias wichtigste Sachen für den Urlaub hatte er zusammengepackt.
Jetzt war sein Koffer noch aufzufüllen.

Er versuchte, seine Gedanken zu verdrängen. Morgen würde ihr
gemeinsamer Urlaub beginnen, und alles würde wieder gut werden.
Er war sich absolut sicher, dass sie wieder zueinander finden würden.

In der folgenden Nacht schlief er unruhig, aber kurz vor seinem Urlaub
hatte er noch nie gut geschlafen.

Samstag, kurz vor Mittag trug er die Koffer durch die Verbindungstür
vom Haus in die große Doppelgarage.
Dort stand nur noch der Mercedes, mit dem er nun vorlieb nehmen
musste.
Das BMW Cabrio war ja Schrott.
Er stieg ein und betätigte die Fernbedienung, um das Garagentor zu
öffnen.
In Grabenstätt fuhr Paul auf die A8 in Richtung Salzburg. Während
der ganzen Fahrt hing er tief seinen Gedanken nach, als er zu seinem
Erstaunen plötzlich feststellte, in unterbewusster Fahrweise den
Airport erreicht zu haben.
Den Wagen stellte er auf dem Dauerparkplatz ab.

Die Cessna stand in den Farben blau / weiß und frisch aufgetankt
hinter dem Hangar zum Abflug bereit.
Als routinierter Pilot überprüfte er die Maschine vor jedem Abflug
anhand einer Sicherheits-Checkliste.
Unzählige Male war er mittlerweile geflogen und hatte bereits Start-
und Landemanöver unter widrigen Wetterbedingungen hinter sich.

Er stand neben der Cessna und blickte zum Himmel. Besseres Wetter
als heute konnte er sich gar nicht wünschen. Die Augustsonne meinte
es gut. Er würde beste Aussicht von oben haben.

Bereits auf der morgendlichen Wetterkarte im Frühstücksfernsehen hatte er bis nach Italien wunderbare Flugvoraussetzungen festgestellt. Seinen Start hatte er für 14.00 Uhr beantragt. Er hatte also noch genügend Zeit, um die Koffer einzuladen und die Sicherheitsüberprüfungen durchzuführen.

Um 13.50 Uhr setzte er sich auf den Pilotensitz und wartete.
Seit zehn Jahren waren sie zusammen in den Urlaub geflogen.
Seine Gedanken schweiften zurück in die Vergangenheit.
Bisher war Maria immer dabei gewesen.
Sie wusste, dass sie an diesem Tag fliegen würden.
Er hatte ihr ja den Termin gesagt.
Zu Hause in ihren Küchenkalender hatte sie an diesem Datum rot aufgeschrieben: „Abflug in die Toskana".

Er wartete. Sie hatte ja noch zehn Minuten Zeit.
Sie würde bestimmt kommen.
So wie jedes Jahr würden sie zusammen in den Süden fliegen.
Sie würden in ihr Haus in der Toskana einziehen und dort wieder die schönsten Tage eines jeden Jahres zusammen verbringen. In diesen zwei Wochen hätten sie wieder Zeit füreinander finden können. Zeit, die ihnen sonst im Berufsalltag gefehlt hatte.

Er war sich sicher, dass sie kommen würde.
Wie könnte es sonst anders sein?
Sie hatten nicht immer viel Zeit füreinander gehabt, das war ihm bewusst.
Aber sie würde zu ihm zurückkommen und alles würde wieder gut werden.

Der andere hatte ihr doch nicht viel zu bieten. Nein.
Er hatte nicht mal ein eigenes Haus. Er lebte nur in einer Mietwohnung eines Mehrfamilienhauses.

Außerdem war sein Astra bestimmt schon zehn Jahre alt.
Maria war Besseres gewöhnt, dachte er sich.
Und sie liebte doch das Haus in der Toskana genauso wie er.

Er sah auf seine Schweizer Designarmbanduhr, die er von Maria zum
46. Geburtstag bekommen hatte. Oder war es doch der 47. Geburtstag?

14.00 Uhr.
Sie würde kommen. Er wusste es.
Aus dem Cockpitfenster hielt er in alle Richtungen nach ihr Ausschau.

Einige Minuten später hörte er jemanden die Cessna betreten.
Er blickte sich um und Maria war da.
«Ich wusste, dass du es dir überlegen würdest», sagte er erfreut.
Er verschloss die Flugzeugtüre und setzte sich wieder auf den
Pilotensitz. Er beobachtete Maria, wie sie neben ihm Platz nahm.
Er startete die Cessna.
Langsam rollte er damit vom Stellplatz zur Startbahn.
Über das Funkgerät bat er um Starterlaubnis.
Er erhielt das „Ready for take-off".
Das Flugzeug rollte an, und immer schneller sausten die
Positionslichter der Startbahn an ihm vorbei.
Er zog die Nase der Cessna hoch, und diese schwang sich mühelos in
die Luft.
Es war immer ein herrliches Gefühl für ihn gewesen, den
Bodenkontakt zu verlieren.
Das war echte Freiheit!
Freiheit, um die er die Vögel immer beneidet hatte.
Der Himmel kam ihm tiefblau entgegen.

Er blickte zu Maria hinüber. Sie sah heute wunderschön aus.
So wunderschön wollte er sie am liebsten immer in Erinnerung
behalten.

Er wusste jetzt, dass er sie immer lieben würde.
Er würde ihr vergeben.
Wenn sie bei ihm blieb, würde er vergessen, dass sie sich mit dem anderen getroffen hatte.
Er versuchte es, als eine kleine Schwäche ihrerseits abzutun. Ein Fehltritt, der passieren kann.
Er lächelte sie an. Sie erwiderte sein lächeln, wie nur himmlische Engel es vermochten zu lächeln.

Die Cessna verließ den Luftraum über der Stadt, und Paul steuerte in Richtung Chiemsee.
Maria hatte es doch immer so geliebt in den letzten Jahren,
bevor sie in Richtung Alpen abdrehten, einen Rundflug über dem Chiemsee zu genießen.
Das Schloss Herrenchiemsee, die Fraueninsel, die vielen kleinen Segelboote, das silberne Glitzern des Wassers…
Maria fand es immer fantastisch, das alles von oben zu sehen.

Paul war so glücklich, dass sie sich für ihn entschieden hatte.
Sie waren doch schon jahrelang verheiratet und würden für immer zusammengehören.
Nichts konnte sie trennen. Auch keine Affäre!
Sie würden immer alles zusammen überstehen. Komme, was wolle!
Jeder Sturm geht irgendwann vorüber.

Sie hatte das BMW Cabrio für ihren Flirtausflug benutzt.
Paul hatte dieses Fahrzeug geliebt. Ein Auto war nur ein Gebrauchsgegenstand und ersetzbar.
Er trauerte dem Wagen nicht hinterher. Schuld?
Vermutlich war Maria von ihrem Mitfahrer abgelenkt gewesen.
Wen interessierte das noch?

Maria und er würden jetzt Zeit füreinander haben.

Paul flog die Cessna in Richtung Kampenwand. In unmittelbarer
Bergnähe ließ Paul das Flugzeugruder los, um nach Marias Hand zu
greifen ...
Sie lächelte ihn an. Das war ein unglaublich schöner Anblick.
Er wollte dieses Lächeln für immer einfrieren.

Paul war überwältigt von der massiven Rauheit der Bergwand,
die auf ihn zukam. Schroffe Felsen, die unbezwingbar erschienen. Eine
Schönheit, wie sie nur die Natur erschaffen kann.
Zum Greifen nah vor seiner Maschine.

Er und Maria würden jetzt Zeit füreinander haben. Sie würden wieder
zueinander finden, war er sich sicher.

Paul war glücklich in diesem Augenblick.

Sie würden jetzt zusammen Urlaub machen, Urlaub für ewig...!

In den Chiemgauer Tageszeitungen erschienen im Abstand von einem
Monat die folgenden beiden Todesanzeigen:

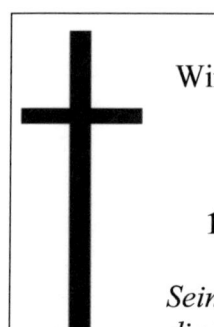

Wir trauern um unseren geliebten

Paul Goldhuber

10.01.1957 - 04.08.2007

Seine Leidenschaft war das Fliegen,
die Kampenwand sein Schicksal.

Er folgte dem tragischen Autounfall seiner Frau.
In ewiger Erinnerung
Dein Freund Ludwig Korn

Wir trauern um unsere geliebte

Maria Goldhuber

18.02.1967 - 09.07.2007

Ein tragischer Autounfall ließ sie zu früh
von uns gehen.
In tiefer Trauer Paul Goldhuber

P.S.:
Jetzt werdet ihr euch sicher noch fragen, wer ich bin
und warum ich diese Geschichte so genau kenne?
Aber das könnt ihr herausfinden, wenn ihr euren „Urlaub für ewig"
plant…

Autorenwort:

„Urlaub für ewig", war meine erste erfolgreiche Geschichte, die von Zuhörern und Lesern positive Kritiken erhielt.
Entstanden war sie im Herbst 2007 während der Teilnahme an einer Schreibwerkstatt. Jeder Teilnehmer sollte eine Geschichte zum Thema „Urlaub" schreiben.
Bei Urlaub denkt natürlich jeder zuerst an Sonne, Strand und Meer. Daran habe ich am Anfang auch gedacht, doch beim Schreiben drehte sich die Story…

Die Geschichte erhielt bei der Veranstaltung „Lesen lassen" im Salzburger Literaturhaus am 18.09.2009 den zweiten Platz nach der Zuhörerabstimmung.

Zugabe

«Zugabe ... Zugabe.» Das Publikum tobte in der Halle und die Hände applaudierten rhythmisch. Die Dynamik der synchronisierten Ekstase sprühte heraus. Tausende forderten mit einer Stimme immer wieder dasselbe: Mehr!

«Sie wollen dich», grinste Andy.

«Sie wollen uns», erwiderte Jan.

«Wir gehen noch mal raus. Drei Songs Zugabe», klatschte Frank in die Hände.

«Lasst das Publikum noch eine Weile schmoren», signalisierte Maark mit einer stoppenden Handbewegung.

Schrille Pfiffe quälten Jans Ohren hinter dem Bühnenaufbau.

Er hörte seinen Namen. Wieder und wieder verlangten sie ihn zurück. Das kollektive Klatschen des Publikums hämmerte in seinem Kopf. Es erzeugte Schmerzen.

Warum quälen sie mich so? Noch mal raus. Show. Dem Publikum anbieten. Die Meute hetzt den Flüchtenden.
Klare Gedanken. Er brauchte einen freien Kopf.
Drei Songs. Wie beginnt der Text? Überlege. Scheiße, du brauchst den Text. Bei dem Lärm kann man nicht überlegen. Die Tour wird bald zu Ende sein. Jetzt nur nicht patzen. Keinen Hänger leisten. Dem Feind keine Angriffsfläche bieten. Der Applaus hämmerte immer noch im Kopf. Abdrehen. Ruhe.
Er musste wieder eine Balance erzeugen. Vor dem Konzert konnte er die negativen Schwingungen in einen vornehmen Gleichklang bringen. Jetzt begann sich seine innere Gleichspannung durch wellenartige Überlagerungen massiv zu reduzieren.

«Ich habe das Gedicht gestern noch aufsagen können. Ich weiß nicht, warum ich es jetzt nicht mehr kann», schüttelte er den Kopf vor der Klasse. Der Lehrer wackelte verständnislos mit dem Kopf.
Jan beobachtete, wie Grubers Finger den Stift über das Notenbuch schoben, gleich einer Eiskunstläuferin, die ihre Kür mit den Kufen ins Eis kratzte.
«So wirst du es nie zu etwas bringen», sagte Gruber mit einem dämonischen Grinsen.
Betroffen stand Jan vor der Klasse.
Die Mitschüler schüttelten ihre Köpfe mitleidig im Takt.

«Zugabe ... Zugabe.»
Er fasste in seine Hosentasche und fingerte nach der Tablette.
Nur noch eine heute. Nur für die Zugabe. Für den freien Kopf. Er bekam zwei zu fassen und schluckte sie dankbar.
«Raus», rief Maark.
Jans Beine begannen zu laufen. Den anderen hinterher. Hastig, um die anderen nicht zu verlieren. Nur nicht Fallen. Alles dunkel hier. Ein Tunnel, wie der Weg in eine schwarze Höhle. So viele Kabel auf dem

Weg zur Bühne. Wurzeln am Boden im unheimlichen Wald. Stolpern konnte das Ende bedeuten. Nur keine Blamage leisten.

Er war der Star.

Pose. Gut aussehen, glänzen.

Der Spot des Strahlers erwischte ihn voll. Seine Augen zuckten zusammen. Er sah nichts, vorher in der Dunkelheit nicht, jetzt mit Beleuchtung nicht. Den falschen Fluchtweg ausgesucht.

Er war der Täter. Die Menge saß vor ihm zum Verhör.

Die Lampe war in sein Gesicht gerichtet.

Kreischen. Die Girls kreischten wie Verrückte. Er sah niemand vor sich in der pechschwarzen Höhle. Ihre Stimmen schrieen, wie von Panik erfasst. Wie Angst im Krieg schreit. Wie lange kann man Kriegsgeschrei ertragen? Wann setzt der Punkt ein an dem man verrückt dabei wird?

«Eine Sechs in Deutsch? Bist du noch zu retten?», brüllte sein Vater.

«Ich habe gelernt. Plötzlich war der Text weg. Gestern war ich der, der es noch wusste und heute war ich irgendwie jemand anderer», versuchte Jan zu erklären.

«Mit solchen Ausreden kommst du mir nicht durch. Du hast versagt auf ganzer Linie!», schüttelte sein Vater den Kopf, und seine Hand trommelte nervös im Takt.

Andy wirbelte am Schlagzeug. Der Bass traf Jan von allen Seiten. Zitterte er? Seine Kleidung vibrierte an seinem Körper. Ein Erdbeben. Die pyrotechnische Anlage spuckte einen Funkenregen zu beiden Seiten empor. Eine Explosion ließ ihn herumwirbeln. Seine Bewegung löste Schreie aus. War er getroffen? Wehklagten sie um sein Leben? Marks E-Gitarre heulte auf. Ängstlich sah er das Kreissägeblatt. Es drehte sich aus der Mitte des Instruments heraus und rotierte gefährlich auf ihn zu. Schriller Klang. Messerscharf. Ausweichen. Er sprang zur Seite. Die Menge johlte. Er war der Star.

Seine Stimme schrie zurück. Seine Haut an den Fingerknöcheln wurde hell. Er umklammerte den Zauberstab. Der Stab gab ihm die Macht, lauter zu sein als die Meute.

Das Mittel wirkte. Er schaffte es, die bösen Dämonen im Zaum zu halten, die versuchten, ihn auf der Bühne zu attackieren und den Text zu stehlen. Er hatte den Kampf wieder aufgenommen. Das Pulver unterstützte seinen heroischen Kraftaufwand, wie so oft in den letzten Tagen und Wochen. Er hielt die Meute unter Kontrolle.

Er war der Star.

Die Kämpfe erschöpften ihn. Jeden Abend. Sein Pulsschlag war laut wie Kirchenglocken in seinen Ohren. Sein Mittel gegen die Angst. Er brauchte irgendwann Schlaf, und er fand eine einfache Lösung. Tabletten.

Er brauchte immer mehr. Nach der Tour würde er damit aufhören. Er hatte alles unter Kontrolle. Es war so einfach zu kontrollieren. Abends etwas zum Relaxen. Später etwas zum Einschlafen. Morgens etwas putschiges zum Munterwerden.

Der nackten Tussi, die neben ihm erwacht war, entledigte er sich schnellstmöglich wieder. Sie hatte eine winzige Blutkruste unter der Nase. Junge Anfängerin. Raus mit ihr.

«Du glaubst wohl, das ist eine Zukunft. Bockmist ist das. Warum solltest ausgerechnet du von Musik leben können? Eure Band ist ein beschissenes Hobby. Du verpennst deine Ausbildung wegen deiner Freunde. Wenn *sie* auf der Straße landen, musst du es ihnen nicht nachmachen. Noch hast du die Möglichkeit, das Ruder herumzureißen. Jammere mir später nichts vor. Wenn du jetzt nichts unternimmst, dann brauchst du nicht mehr auf meine Unterstützung zu hoffen», zog sein Vater den Schlussstrich und klopfte mit dem Hausschuhabsatz den Takt auf das Parkett.

«I want you… you… youuuuuu. Give it to me, Babe».

Seine Stimme sang automatisch. Ein grazil tanzender Berserker auf den Bühnenbrettern. Geile Augen, die ihn in sich aufsogen und schreiend durch den Mund wieder ausspuckten. Beschwörend hüpfte er um die Feuersbrünste, um so die Dämonen zu besänftigen. Aufgetankt durch die Magie des Feuers sprang er zur Kreissäge um den Kampf aufzunehmen.

Er hat keine Angst. Er ist der Star.

Seine Gedanken wanderten davon. Jetzt nicht die Balance verlieren. Er durfte es nicht zulassen, an etwas anderes nebenher zu denken. Konzentration auf den Text.

«Scheißkerl. Du glaubst wohl, wenn du auf Tour unterwegs bist, kannst du machen, was du willst. Da mache ich nicht mit. Das Scheißspiel kannst du alleine weiterspielen. Das Foto in der Zeitung ist eindeutig. Jedes Mal hattest du eine andere Ausrede. Diesmal bist du zu weit gegangen. Ich hab dir gesagt: Schick die Schlampen weg! Du hast die Weichen falsch gestellt. Dein Zug ist entgleist. Such dir eine andere Doofe», fauchte ihn Viola an. Ihre Hand brannte in seinem Gesicht. Er schlug sofort zurück.

Es tat ihm nicht leid.

Zwei kleine weiße Pulverstreifen. Parallel. Parallel auf dem Tisch. Parallel im Raum. Parallel in seinem Kopf.

Parallel saß er zu zweit am Tisch. Er und der Star. Sie sahen sich an. Der Star lachte: «Vergiss sie, du kannst jede haben».

Er nahm das Rotweinglas und hätte es ihm für diese Bemerkung am liebsten ins Gesicht geschüttet.

Es war ihm zu schade dafür, und er trank es in einem Zug leer.

«Du bist ein arrogantes Arschloch», sagte er weinerlich.

«Und du bist ein kümmerlicher Schwächling. Wenn du mich nicht gehabt hättest, würdest du noch immer ganz unten in der normaldekadenten Scheiße sitzen.»

«Besser als mit dir zu leben.»

«Du hättest kein besseres Leben erreicht. Du wärst kläglich
gescheitert. Durch mich hast du die Welt angesprochen.
Du hattest es ja nicht mal zustande gebracht, einen Text in deiner
Klasse vorzusprechen. Dein Vater hatte recht: Du bist ein Versager.»
«Halt´s Maul.»
«Du weißt, dass du ohne mich nicht mehr leben kannst. Dein Leben ist
die Musik, dein Standard ist der Luxus und deine Muse sind die Girls.
Viola ist kein Leben für dich, kein Standard und keine Muse.»
Er bereute es, dass kein Rotwein mehr im Glas war. Sein Finger
schnippte den Takt an den Glasrand.

«Give it... Give it… Give it… Yeah Yeah Yeah.» Die Bandmitglieder
tauschten verwirrte Blicke aus. Gekonnt versuchten sie, den
Texthänger zu überspielen.
Der Schwächling hatte ihn mit seinen Gedanken aus dem Konzept
gebracht. Der Versager schaffte es immer wieder, ihn der Blamage
auszusetzen. Ihn, den Star.
Mit einer Tanzeinlage überspielte er die Zeit der negativen
Schwingungen, die von dem Schwächling ausgestrahlt wurden und
seine Balance störten.
Die Band spielte weiter, und die Girls kreischten zu seinem Tanz.

«Jan, komm zurück, dein Vater hat es nicht so gemeint. Du hast immer
ein offenes Haus bei uns. Ich kann dir helfen. Lass dir helfen. Es wird
dich sonst aufarbeiten!», flehte ihn seine Mutter an.
«Ich überlasse nie mehr einem Versager die Kontrolle.
Ich werde es schaffen. Bis an die Spitze. Bald bin ich ein Star.»
«Vergiss nicht, deine Tabletten zu nehmen. Es ist wichtig, mein
Junge», ermahnte ihn seine Mutter, und ihre Hände baten aneinander
im Takt.

Der letzte Song. Ein paar Minuten noch, und er hatte es geschafft!

Die Spots der Lichtanlage erhellten die Halle. Er blickte in tausende Gesichter. Körper an Körper. Die Hände klatschten über ihren Köpfen. Er war das Objekt, das jetzt ihre Lust stillte. Er sah das Girl in der ersten Reihe. Eine ganz junge! Sie hantierte an ihrem Minirock und griff darunter. Schlängelnd zerrte sie ihr Höschen nach unten und stieg heraus. Sie knüllte es zusammen und warf es vor seine Füße. Er wollte zurücktreten. Das arrogante Arschloch war schneller, bückte sich danach und zwinkerte ihr zu. Seine Hand steckte es in seine Hosentasche und ließ es zur Hälfte heraushängen. Und er wusste: das Arschloch würde auch den Rest der Trophäe für sich beanspruchen.

«Was ist los mit dir? Manchmal bist du normal und dann wieder abgedreht. In der Öffentlichkeit zu stehen zerrt an den Nerven. Nimmst du was, Mann? Lass die Scheiße bloß sein. Du kannst es nicht kontrollieren!», redete Maark im Tourbus auf ihn ein. Jan sah ihn an und saß still, gleichzeitig wippte der Star mit dem übergeschlagenen Bein im Takt.

Andy setzte am Schlagzeug zu seinem Abschlusssolo an. Geschafft! Er hatte den Schwächling in seine Schranken verwiesen. Er war der Star. Er verbeugte sich. Seine Beine knickten ein und er fiel lang gestreckt mit seinem Rücken auf den Boden. Die Menge johlte und tobte. Ihr Klatschen schmerzte im Kopf. Jan hielt es nicht mehr aus. Dieser Schwächling blamiert mich schon wieder, dachte der Star gerade noch, als es dunkel und leise wurde.

«Zugaaabe, Zugaaabe», tobte die Halle.

Autorenwort:

Wer träumt nicht gelegentlich davon, berühmt zu sein und im Luxus leben zu können? Die Stars sind in der heutigen Medienaktualität präsenter denn je. Die Fans sind live dabei, wenn ihre Vorbilder auf der Bühne stehen, wenn sie heiraten, sich scheiden lassen oder sich einen Fauxpas leisten.

Unsere Kinder wachsen mit diesen Leitfiguren und ihrer allgegenwärtigen Verherrlichung auf.

Der Vorbildcharakter, der von solchen Idolen ausgehen sollte, wird allerdings von vielen Prominenten und vor allem von der Presse mit Füßen getreten.

Der „Star" ist heutzutage gezielt hoch gezüchtet und bestens dressiert. Er „funktioniert" als Rädchen einer großen, hinter ihm stehenden Werbemaschinerie.

Geht diesem Rädchen irgendwann die Luft aus, bleibt der Mensch dahinter auf der Strecke.

Findige Reporter stürzen sich auf jeden seiner Schritte und machen daraus einen Fehltritt.

Der Kampf, die Privatsphäre sauber zu halten, kostet Kraft und Nerven. Ist das Nervenkostüm beschädigt und der Mensch „ausgepowert", wird dieser fallengelassen wie eine heiße Kartoffel.

Im „Stall" der Produzenten steht längst der nächste dressierte Ersatzspieler bereit ...

Die Geschichte entstand im Sommer 2009 und erhielt bei der Veranstaltung „Lesen lassen" im Salzburger Literaturhaus am 13.01.2010 den zweiten Platz nach der Zuhörerabstimmung.

Notfall

Die Wände sanft beige, gefliest bis unter die Decke.
Der Boden, ein leichtes Grau.
Glatt.
Kalt.
Fensterlos.
Still.
Laut, manchmal, wenn Bohrer oder kleine Kreissägeblätter rotieren.
Künstliches Licht.
Unwirklich.
Es taucht die Haut in blasse Farben.
Kalte silberfarbene Metalltische auf schwarzen Rollen.
Ein Beistelltisch mit Werkzeug.
Sterilisiert.
Überhaupt ist alles hier steril.
Zwei Beine liegen nebeneinander auf einem der fünf Tische.
Zuordnungskarten sind an beiden großen Zehen befestigt.

Der Pathologe stand vor dem Tisch und betrachtete die Beine.
Jung.
Schlank.
Unbehaart.
Eine Frau.

Die Füße unversehrt. Fein säuberlich rot lackierte Fußnägel.
Die Knie grässlich zertrümmert.
Die Oberschenkel verdreht.

Dem Pathologen fiel die Fußkette am rechten Fußknöchel auf.
Golden.
Feingliedrig.
Ein dünnes Herz war im Verschluss eingehängt.
Es gibt bestimmt viele Frauen mit der gleichen Fußkette. Ja, bestimmt.
Das konnte kein Hinweis sein.

Robert gefiel die schlanke Blondine. Ein super Feger.
Er beobachtete, wie sie mit einem Glas in der Hand an der Bar stand
und sich locker mit ihrer Freundin unterhielt.
Wie lernt man so eine Traumfrau kennen?
«Hi, ich heiße Robert. Willst du was mit mir trinken?»
Blöde Anmache. Sagt jeder Idiot, überlegte er.
«Hi, ich heiße Robert. Dein Name klingt sicher hübscher!?»
Voll daneben. So mache ich mich garantiert zum Volltrottel!
Die Blondine im engen, knielangen, schwarzen Trägerkleid kramte
in ihrer Handtasche.
Mist, sie bezahlt. Zu spät. Die Gelegenheit verpasst.
Zusammen mit ihrer Freundin ging sie an der Bar entlang zum
Ausgang, an ihm vorbei. Ihr blauer Lidschatten wirkte wie ein
Verstärker zu ihren blauen Augen. Perfekte Augen, die ihn übersahen.

Robert überlegte: Sie ist zu geil, um die Gelegenheit so verpuffen zu lassen.
Ohne lang zu überlegen, ging er nach draußen.

Die beiden Frauen stiegen auf dem Parkplatz in einen VW-Golf.
Als das Licht des Fahrzeugs eingeschaltet wurde, erhellte die Kennzeichenbeleuchtung die Autonummer.
Robert hatte nichts zum Schreiben, wiederholte die Zeichen aber mehrmals leise, um sie sich einzuprägen.
Die Gelegenheit brauste in der Dunkelheit davon.

Eine Seite der Doppeltüre öffnete sich.
Der Rechtsmediziner betrat den Pathologieraum.
«Hallo, mein Name ist Geiger», stellte er sich vor.
Der Pathologe hielt ihm die Hand entgegen: «Angenehm, Astel.»
«Was führt sie her?», fragte Astel den angekündigten Gast.
«Ihre aktuelle Arbeit», antwortete Geiger und schritt sogleich, eine Mappe unter den Arm geklemmt, zu dem Tisch mit den Frauenbeinen.
«Die Staatsanwaltschaft hat ein Klageverfahren gegen unbekannt eingeleitet», erklärte Geiger seine Anwesenheit.
«Was ist passiert?», fragte Astel.
«Überhöhte Geschwindigkeit. Gestern Abend in der Stadt.
Die junge Frau konnte nicht mehr ausweichen, oder besser gesagt der Fahrer eines PKW. Er ließ die Frau auf der Straße zurück und beging Fahrerflucht», beschrieb Geiger den Fall kurz und nüchtern.
«Die Frau hat überlebt? Wie geht es ihr?», wollte Astel wissen.
«Das sollte ich Sie fragen.
Sie sind in diesem Haus näher an der Informationsquelle als ich.
Mein Job ist es, diese Beine zu untersuchen.»

Robert griff zum Hörer. Er wählte die Nummer von Klaus.
«Landratsamt - Zulassungsstelle», meldete sich jemand am anderen Ende.

«Hallo Klaus, ich brauche dringend deine Hilfe», bat Robert.
«Wo liegt das Problem?», fragte Klaus.
«Ich brauche eine Nummer von dir», sagte Robert leicht verlegen.
«Du weißt, dass ich Schwierigkeiten bekomme, wenn das
rauskommt?», versuchte Klaus, um die Antwort herumzukommen.
«Komm schon, nur dieses eine Mal noch, für einen Freund»,
schleimte Robert.
«Wie sieht sie diesmal aus? Ist sie es wert?»
Nur eine Frau konnte der Grund von Roberts Anfrage sein, vermutete
Klaus. Wie immer.
«Sicher Klaus, sicher, du tust mir einen riesigen Gefallen damit.
Nur du kannst meine Zukunft retten», übertrieb Robert.

Geiger zog sich die Latexhandschuhe an.
Mit seinem Digitalfotoapparat hielt er die letzten Bilder fest,
die von diesen Beinen noch gemacht werden konnten.
Bald würden sie zusammen mit anderen menschlichen Überresten
im Krematorium zu Asche verbrannt werden.
«Jammerschade um diese hübschen Beine. Welche Grausamkeiten
diese Welt doch immer wieder bereithält, um unsere Jobs notwendig
zu machen», philosophierte Geiger.
«Wenn *wir* den Job nicht erledigen würden, täten es andere», zuckte
Astel mit den Schultern.
Mit dem Tipp von Klaus hatte Robert die Adresse der hübschen
Blondine ausfindig gemacht.
Er parkte an der Bordsteinkante, in einiger Entfernung vom Haus.
Überraschenderweise kam sie kurz darauf mit ihrer Freundin und zwei
Typen ganz vergnügt aus dem Haus heraus. Sie hatten vermutlich
Badetaschen umgehängt.
Nachdem sie lachend in den Golf gestiegen waren, fuhren sie los.
Robert drehte den Schlüssel im Zündschloss und folgte ihnen.
Tatsächlich bogen sie am Freibad-Parkplatz ab.

Robert trat auf´s Gaspedal. Mit überhöhter Geschwindigkeit lenkte er den Wagen durch die Stadt, um seine Badesachen aus seiner Wohnung zu holen.

Im Freibad suchte Robert die Liegewiese ab.

Neben einer Linde sah er sie.

In einigem Abstand breitete er sein Handtuch auf dem Rasen aus.

Er zog sich die Badeshorts in der Umkleide an und ging zu seinem Platz zurück.

Auf dem Handtuch sitzend, ließ er seinen Blick immer wieder zu ihr wandern.

Unauffällig.

Diskret.

Sie lag schlafend auf dem Rücken, das rechte Bein angewinkelt.

In ihrem knappen, schwarzen Bikini fand er sie unwiderstehlich.

Ein Typ lag neben ihr. War das ihr Freund?

Das wäre natürlich eine dumme Sache.

Lachend machte sich die Gruppe auf zum Schwimmbecken.

Verstohlen blickte Robert der schönen Unbekannten hinterher.

Traumfigur.

Galaktisch.

Schlanke Beine.

Eine Fußkette mit einem Herzchen blinkte in der Sonne.

Geiger zog seine Handschuhe aus. Seine rechtsmedizinischen Schlussfolgerungen trug er in sein Notebook ein.

«Kann ich aufräumen?», fragte Astel.

«Ja, ich bin fertig hier», bestätigte Geiger.

«Gut, dann lasse ich die Beine zur Entsorgung bringen», sagte Astel.

«Schade darum, aber die Dame wird mit ihren Beinen leider nichts mehr anfangen können», fügte Geiger mit einem mitleidsvollen Schulterzucken hinzu.

«Brauchen Sie mich später noch?», wollte Astel wissen.

«Nein, nicht notwendig. Ich trage noch meine Ergebnisse ein und leite diese dann an die Staatsanwaltschaft weiter. Danke für ihre Mitarbeit», reichte Geiger die Hand zum Abschied.

Robert zögerte im Schwimmbad. Er war zu feige, sie in Begleitung ihrer Clique anzusprechen. Es konnte ihr Freund dabei sein.
Er hatte aber herausgefunden, dass sie so gegen 22.00 Uhr von der Arbeit zu Fuß nach Hause ging. Heute wollte er sie ansprechen.
Er würde ihr um diese Zeit zufällig auf dem Gehweg entgegen kommen. So einfach. Ein Hallo. Ein Gespräch, wenn es klappt.

Er hatte noch einen wichtigen Fall zu bearbeiten.
Immer, wenn man sich etwas vornimmt, kommt ein Notfall dazwischen.
Fertig. Die Zeit drängte schon.
Er schaltete die Beleuchtung in der Pathologie aus und hastete zu seinem Auto.
Ich muss mich beeilen, sonst verpasse ich sie, dachte er.
Sein Fuß trat kräftig auf das Gaspedal.
Ein Blick zum Tacho ließ schlechtes Gewissen in ihm aufkeimen.

„Nur kurz", sagte er zu sich selbst. Neunzig km/h.
Hoffentlich ist nicht gerade jetzt ein Blitzer aufgestellt, überlegte er.
Die Straßenbeleuchtung in der Stadt rauschte an ihm vorbei.
Hell und Dunkel wechselten auf seinem Gesicht immer schneller.
Hoffentlich schaffte er den Weg bis dahin rechtzeitig.
Es würde knapp werden.
Endlich erreichte er den richtigen Stadtteil.

Die lang gezogene Kurve machte eine vorausschauende Fahrweise unmöglich. Sein Fuß zögerte, das Gaspedal zurückzunehmen.

Ein Schlag.

Dumpf.

Fremdartig.

Ein dunkler Schatten flog über die Windschutzscheibe.

Automatisch zog er den Kopf ein.

Sein Fuß zuckte zurück, wechselte unterbewusst zum daneben liegenden Pedal.

Verdammt. Was war das? Roberts Herz klopfte heftig.

Sein Puls schnellte hoch. Wärme stieg in ihm auf.

Der Wagen kam zum Stehen. Er blickte in den Rückspiegel.

Etwa fünfzig Meter hinter ihm lag etwas auf der Straße.

Ein Mensch?, durchzuckte es ihn.

Er bewegte sich nicht mehr.

Sekunden, in denen er fieberhaft überlegte:

Ich war viel zu schnell.

Zurückfahren?

Die Unfallstelle absichern?

Den Notruf wählen?

Ich war viel zu schnell.

Ich komme vor Gericht.

Die Person auf der Straße bewegte sich nicht.

Sie war regelrecht durch die Luft gesegelt.

Ein noch schwacher Lichtkegel erfasste die Gestalt am Boden.

Er konnte das Fahrzeug aus der Kurve heraus noch nicht sehen.

Das Licht würde Zeugen bringen.

Er wollte es nicht sehen.

Sein Fuß trat auf das Gaspedal, und der Audi entfernte sich rasch von der Unglücksstelle.

Astel musste Gewissheit haben.

Er rannte zur Intensivstation und erkundigte sich bei einer Schwester nach dem Unfallopfer.

«Dort, das vorletzte Bett», gab die Frau Auskunft und hastete ihrer Arbeit hinterher.

Astel ging langsam dorthin.
Vorsichtig.
Die Nerven angespannt.

In einem Gedankenslalom versuchte er, dem Anblick der hier stationierten Patienten und deren Schicksal auszuweichen.

Dieses Bett war es.

Hier lag die Amputationspatientin.
Sie schlief, den Kopf zur Seite geneigt.

Astel ging mit leisen Schritten um das Bett herum zum Kopfende.

Was er sah, ließ ihn wanken.
Ihm wurde schwindelig.
Übelkeit überkam ihn.
Die Blondine lag im Bett.

Er rannte zurück auf den Krankenhausflur.
Mit einer Hand an die Wand gestützt, versuchte er, seinen Körper vor dem Zusammenbruch zu bewahren.

«Alles klar mit dir, Robert?», fragte eine Schwester den Pathologen.

Autorenwort:

Es gibt Berufe, die möchte man nicht wirklich ausüben.
Pathologe oder Gerichtsmediziner gehören für mich dazu.
Aber wenn es nicht Menschen gäbe, die sich Tag für Tag in diese
Säle begeben und gewissenhaft ihrer Tätigkeit nachgehen würden,
blieben viele Unfälle oder Verbrechen ungeklärt.
Wir sollten uns auch mal bei ihnen bedanken,
bei all den Menschen mit Berufen, die keiner machen möchte, denn sie
tragen einen wichtigen Teil zu unserer Gesellschaft bei..

Diese und die folgende Geschichte entstanden im Frühjahr 2010.
Die Fragen, die ich mir hier als Autor stellte, wollte ich dem Leser
näher bringen und ihn zum Nachdenken anregen:
Was geschieht mit den Extremitäten, die amputiert werden müssen?
Bekommt der Betroffene diese noch mal zu Gesicht?
Kann er darüber verfügen?
Werden einem Patienten z.B. die Beine amputiert, kann er sich an
seinem Lebensende zusammen mit seinen Beinen beerdigen lassen?
Hat ein Mensch den Wunsch, körperlich vollständig bestattet zu
werden oder wenigstens zusammen mit der Asche seiner amputierten
Gliedmaßen?

Eine Recherche im Krankenhaus brachte Erstaunliches hervor:
Abgenommene Extremitäten werden, wenn alle Untersuchungen
abgeschlossen sind, zusammen mit operativ entfernten Organen im
Krematorium verbrannt. Auf die Asche hat niemand Anspruch!

Der Patient, der aufgrund seines schweren Schicksals meistens unter
Schock steht, denkt in diesen Momenten nicht daran.

Der Mensch, solange er Gesundheit besitzt, macht sich im Vorfeld
keine Gedanken darüber...

Feuer schwimmt nicht alleine

flussaufwärts

Robert stellte über die Fernbedienung das Radio seiner Stereoanlage an.

«... um mich fit und gesund zu halten, mache ich jeden Morgen dreißig Situps und ernähre mich hauptsächlich von Salat und Gemüse», säuselte die süße Frauenstimme aus den schwarzen Standboxen.

«Die glaubt vermutlich an ihre Überzeugungskraft», nuschelte Robert. Er erkannte diese Stimme. Die hübsche Moderatorin der erfolgreichen TV–Sendung *Worte-Fakten-Zahlen-Quiz* gab gerade ein Interview. Robert mochte ihre Sendung.

Oft hatte er vor dem Fernseher mit den Kandidaten mit geraten.

Oder mochte er die blonde Moderatorin?

«Du solltest mal ein Schnitzel oder ein paar leckere Knödel einwerfen, damit du nicht ganz so bulimisch durch das Fernsehbild läufst», schmiss ihr Robert entgegen.

Unbeeindruckt von seinem Einwand beantwortete sie die nächste Frage des Radiomoderators:

«Ich finde es wichtig, auf seinen Körper zu achten. Ich verstehe die Menschen nicht, denen die Willenskraft fehlt, gegen ihr Übergewicht anzukämpfen. Viele Menschen sind mittlerweile viel zu dick.»

«Pass auf, was du sagst, meine Liebe, sonst hast du bald einen Fan weniger», drohte ihr Robert.

Gelangweilt stellte er eine andere Radiofrequenz ein, um Musik zu hören. REM sangen ihren Song „Loosing my religion".

Robert lag auf der Couch, wippte mit seinem Kopf und murmelte den Text mit.

Die Couch war durch sein Gewicht mittlerweile völlig durchgesessen. Unter seinem Hinterteil hatte sich eine tiefe Mulde gebildet.

Die Federkerne hatten ihre Elastizität aufgegeben und weigerten sich, dem Koloss entgegen zu arbeiten.

Der Radiomoderator quatschte in die letzten Takte hinein:

«Ich wünsche ihnen einen angenehmen Sonntagmorgen.

Die Schwüle der letzten Tage soll weitergehen. Wir erwarten auch heute wieder Temperaturen um die 30° Celsius.

Also: nach dem Frühstück nix wie raus! Mit Familie oder Freunden an den nächsten Badesee oder ins Freibad zum Abkühlen!»

Robert war schon ein paar Jahre nicht mehr am See gewesen. Er hasste es, wenn ihm die Leute nachblickten und hinter seinem Rücken zu tuscheln begannen. Es machte ihm keinen Spaß mehr.

Jedoch kam das Stichwort *Frühstück* genau richtig. Sein Magen reagierte sofort mit einem Hungergefühl auf dieses magische Wort.

Er stemmte sich schwerfällig aus seiner Liegeposition hoch.

Mit mehreren Versuchen, Schwung zu holen, die aussahen wie plumpe Schaukelbewegungen, schaffte er es schließlich, sich aus der Mulde herauszuschälen und aufzustehen.

Ungelenkig stapfte er in seiner alten Jogginghose und dem T-Shirt, das mehr einem Poncho ähnelte, in die Küche.

Er nahm einen Zehner-Karton Eier aus dem Kühlschrank und stellte ihn neben den Herd.

Anschließend stellte er eine Pfanne auf die Platte, schlug alle Eier am Pfannenrand auf und verrührte sie mit einer Gabel.

Aus dem Kühlschrank holte er noch zwei Packungen Schinkenscheiben, die er in Stücke schnitt und unter die Rühreier mischte. Er streute ordentlich viel Salz darüber und bedeckte den Pfanneninhalt noch mit fünf Käsescheiben.

Die überbackenen Rühreier mit Schinken verteilte er dann auf zwei Teller.

Mit beiden Tellern in den Händen und einer 1,5-Liter-Flasche Cola unter dem Arm ging er zurück zum Wohnzimmertisch.

Er stellte alles vor sich auf die Tischplatte und ließ sich in die Couch plumpsen, die unter seinem Gewicht ächzende Geräusche erzeugte.

Er hatte es sich angewöhnt, immer gleich zwei Teller auf den Tisch zu stellen. Das ersparte ihm einen weiteren, mühevollen Weg zur Küche. Genussvoll stopfte er alles in sich hinein und leerte nebenbei die Colaflasche.

Die Teller stellte er auf die beiden schmutzigen Teller, die noch vom Abendessen auf dem Tisch standen. Er würde sie allesamt später in den Spüler räumen. Auch das sparte Arbeit und vor allem Zeit, obwohl er wirklich genug Zeit hatte, seit er nicht mehr zur Arbeit ging.

Wegen seiner Fettleibigkeit war es ihm schon seit Wochen nicht mehr möglich, einem geregelten Job nachzugehen.

Er konnte sich durchaus an die Situation gewöhnen, zu Hause zu sein und seine Freizeit zu genießen. Sein Arzt beschwor ihn immer wieder, sein Gewicht zu reduzieren. Das brachte aber nichts.
Wenn er mal einige Tage weniger aß, musste er danach vor Heißhunger umso mehr Nahrung zu sich nehmen.
So begann er, auf Anweisung seines Arztes ein Nahrungstagebuch zu führen. Er hielt so etwas zwar mittlerweile für überflüssig, aber die Kasse zahlte ja immer noch für seine Krankheit.

Er schlug das Tagebuch auf.
Die Eintragungen hatte er vor etwa einem halben Jahr begonnen.
Die erste Seite enthielt eine Gewichtsübersicht. Er las:
18. Januar   - 156 kg
20. Februar - 164 kg
19. März   - 170 kg
22. April   - 173 kg
18. Mai   - 177 kg
20. Juni   - 183 kg
21. Juli   - 188 kg

Bis letzten Dezember konnte er sich mit 148 Kilo noch zu Hause wiegen. Die Weihnachtsplätzchen waren dann zu lecker. Im Januar hatte er festgestellt, dass die Digitalanzeige seiner Waage bei über 150 Kilo nur noch drei Balken anzeigte. Deswegen sagte sein Arzt, er solle jetzt monatlich in der Praxis sein Gewicht überprüfen lassen.
Morgen war schon der nächste Wiegetermin. Er hatte Angst.
Sein Arzt würde bestimmt mit ihm schimpfen. Selbst ohne die Waage zu befragen, fühlte er eine erneute Gewichtszunahme.
Während er das Büchlein ausfüllte, verspeiste er aus Frust eine 300-Gramm-Schokoladentafel. Diesen Eintrag unterschlug er.

Sein Arzt empfahl ihm dringend eine Kur. Ob er so eine Zwangsdiät jedoch durchstehen würde, bezweifelte Robert.

Gegen Mittag wurde es unerträglich heiß in seiner kleinen Wohnung. Große Schweißflecke bildeten sich um den Hals und unter den Achseln auf seinem T-Shirt.

Sein Magen signalisierte Hunger, jedoch breitete sich ein Schwindelgefühl in ihm aus. Die Schwüle machte ihm sichtlich zu schaffen. Wie gerne wäre er jetzt doch zur Abkühlung an einem See!

Atemnot!

Zuerst fühlte er es nur schwach, doch dann musste er sich mehr und mehr anstrengen, um den Brustkorb zu bewegen und Sauerstoff in die Lungen zu bekommen.

Ihm wurde übel.

Ein stechender Schmerz durchzog seinen linken Brustbereich und ließ ihn auf der Couch zusammensinken.

Er stöhnte.

Wie ein Fisch an Land schnappte er nach Luft.

Schweißtropfen bildeten sich auf seiner Stirn.

Seine zittrigen Finger schafften es gerade noch, die Notrufnummer zu wählen.

Die auf vier Mann verstärkte Besatzung des Notarztwagens hatte alle Hände voll zu tun, um die Trage, auf der Robert bewusstlos festgeschnallt war, vom Obergeschoss nach unten zu hieven.

«Verflucht, da holt man sich ja einen Bandscheibenschaden», grummelte einer der Sanitäter.

Die kräftigen Männer bugsierten die Trage unter erheblichem Platzmangel um die Treppenkehre.

«In einigen Branchen werden die Waren nach Gewicht berechnet», bemerkte ein anderer.

Robert erwachte in weißer Bettwäsche. Es war nicht sein Bett. Viel zu hart. Viel zu sauber. Eine Infusionsnadel schmerzte in seinem rechten

Arm. Seine Augen folgten der Leitung zu einer Infusionsflasche, aus der regelmäßig Flüssigkeit in den Schlauch tropfte.
«Was soll der Mist? Warum haben die mich hierher gebracht?», murmelte er zornig.
Sein Blick blieb auf dem Bett neben ihm hängen.
Sein Zimmernachbar. Er befand sich in einem Zweibettzimmer.
«Robert», stellte er sich vor.
«Haben sie dich auch hier her entführt?», versuchte er einen peinlichen Gesprächsauftakt.
Der andere blickte starr zur Decke.
«Hast wohl schlechte Laune, Kumpel? Das kann ich gut verstehen. Geht mir auch so.
Oder hat dir der Barkeeper hier etwas Übles in die Flasche geshaked?», fragte Robert.
«Na ja, musst ja nicht sagen, wie du heißt. Dann frag ich eben die nächste Animierdame, die zu dir ans Bett kommt.»

«Jürgen», sagte der Zimmerkollege knapp.

«Hey, das ist ja mal was. Ich dachte schon, du bist auf Drogen», flüsterte Robert hinüber zu Jürgen, der seinen Blick nicht von der Decke abwenden wollte.
«Was hast du denn ausgefressen, dass sie dich hier festhalten?», fragte Robert neugierig.
Jürgen sah weiterhin regungslos und stumm nach oben.
«Ok, ok, so intime Sachen muss man ja nicht gerade Fremden gegenüber ausplaudern», zuckte Robert mit den Schultern und fragte sich, was seinem Zimmergenossen wohl über die Leber gelaufen sein konnte?
«Apropos: Wenn ich das Wort ausgefressen höre, bekomme ich Hunger. Wann bringt hier mal jemand etwas zu essen vorbei?», erkundigte sich Robert.
Der andere schwieg.

Robert presste die Lippen zusammen und nickte einige Male mit dem Kopf. «Verstehe».

Später ging die Türe auf, und die Stationsschwester kam mit dem Mittagessen herein.
Robert setzte sich erwartungsvoll im Bett auf.

«Was? Das soll alles sein?», beschwerte sich Robert, nachdem er unter den Warmhaltedeckel des Hauptgerichts geblickt hatte.
«Sie haben Übergewicht. Der Stationsarzt hat ihnen eine strenge Diät verschrieben», lächelte die Schwester freundlich und verschwand wieder aus dem Zimmer.
Robert entgleisten bei dem Anblick der vier kleinen gedünsteten Kartoffeln und zwei Karotten alle Gesichtszüge.
Er verschlang sein Essen schnell und blickte unauffällig zu Jürgen, der seinen Teller nicht angerührt hatte.
«Was ist? Hast du keinen Hunger?», fragte er eigennützig.
Jürgen schüttelte den Kopf.
Robert stand auf, zog den Infusionsständer hinter sich her und wechselte die Essenstabletts auf den Tischen aus.
Schwerfällig setzte er sich wieder auf sein Bett.
«Frechheit. Mich wollten die mit so einem Biafrateller abspeisen, und du kriegst Schweinebraten mit Knödel», grollte Robert.
Schmatzend und mit besserer Laune beendete Robert „sein" Mahl.

Am Nachmittag bekam Robert Appetit auf Kuchen.
«Hier gibt es doch sicher ein Café?» Seine Frage wurde wieder nicht beantwortet. «Komm mit, wir suchen die Cafeteria und kaufen uns Kuchen und einen ordentlichen Kaffee. Dann sieht die Welt auch für dich wieder anders aus», versuchte Robert, Jürgen zu überzeugen.
Robert stapfte hinüber zu Jürgens Bett.
«Komm schon, lass dich nicht so betteln, spring raus aus dem Bett», forderte er seinen Zimmergenossen auf.

Er zog Jürgens Bettdecke zurück und schlug sie nach hinten über das Bettende.

Was er sah, ließ ihn für einen Augenblick erstarren.
Kalte Schauer liefen über seinen Rücken.
«Entschuldigung. Das konnte ich nicht ahnen», stammelte Robert.
Beschämt sah er auf das, was von Jürgen im Bett lag. Besser gesagt, was nicht von ihm im Bett lag. Jürgens Beine waren an den Oberschenkeln amputiert und die Stümpfe mit weißen Bandagen umwickelt.
Robert ging allein in die Cafeteria.

Abends, als sie wieder zusammen im Zimmer waren, fragte er Jürgen:
«Wie ist das passiert?»
Jürgen blickte ihn diesmal an. «Ein Autounfall. Ein Betrunkener. Ich war zur falschen Zeit am falschen Ort.»
«Oh Mann, so ein Mist», suchte Robert nach Worten und nickte.

«Warum bist *du* hier?», fragte Jürgen nach einer Pause.

«Leichter Schlaganfall. Sie meinten, ich sollte hier in das Big-Brother-Haus zur Beobachtung einziehen. Wenn ich es schaffe, der letzte zu werden, der hier rausfliegt, bekomme ich einen Model-Vertrag. Allerdings muss ich vorher noch die Prüfung mit dem Hula-Hop-Reifen bestehen.»

Jürgen lachte.
Seit Wochen konnte er das erste Mal wieder lachen!

Das Frühstück war natürlich wieder viel zu spärlich für Robert.
Jürgen war gerne bereit, ihm immer etwas abzugeben.
Heimlich natürlich, damit die Schwestern nichts bemerkten.

«Ich soll heute meine erste Wassergymnastik bekommen. Ich habe aber gar keine Lust, in diesem Becken U-Boot zu spielen. Ohne Beine bringt das doch nix mehr», schnaubte Jürgen zynisch.

«Wo sind deine Beine?»
«Was meinst du damit, wo meine Beine sind?», reagierte Jürgen verständnislos.
«Hat es dich nie interessiert was sie damit gemacht haben?»
«Nein, was soll das bringen?»
«Ich würde wissen wollen, wo sie meine Beine hingebracht haben. Ob sie sie vergraben haben, damit man sich später dazulegen kann? Oder ob sie sie verbrannt haben?
Dann könnte man die Asche später wieder zusammenmischen.»
«Du bist verrückt! Wozu sollte das noch gut sein?», schüttelte Jürgen den Kopf.
«Glaubst du, dass deine Beine in den Himmel gekommen sind und dort auf dich warten, damit du später wieder damit herumlaufen kannst?», überlegte Robert.
«Dachte da oben kann man fliegen», erwiderte Jürgen.
«Vermutlich», zuckte Robert mit den Schultern.

«Ich bin ein Krüppel geworden und werde es bleiben», sagte Jürgen voller Selbstmitleid.

Die Gurte waren um seinen Brustkorb und seine Schultern geschnallt. Der Metallarm wurde vom Bademeister mit der Fernbedienung über das Becken ausgerichtet. Die Seilwinde ließ Jürgen Zentimeter um Zentimeter tiefer, bis zu den Schultern ins Wasser sinken.
So muss sich eine Marionette im Kindertheater fühlen, dachte Jürgen.
«Bravo. Du machst Fortschritte!» Robert klatschte in die Hände.
Er hatte sich auf den für ihn beschwerlichen Weg zur Schwimmhalle gemacht, um Jürgen Mut zuzusprechen.

«Das ist eine Demütigung!», zischte ihm Jürgen entgegen und fügte hinzu: «Genau das ist der Unterschied zwischen uns. Du kannst es noch schaffen und dein Gewichtsproblem selber herumreißen! Bei mir ist der Zug abgefahren.»

«Feuer schwimmt auch nicht von alleine flussaufwärts», hielt Robert dagegen.

«So, und jetzt mit den Armen kräftige Schwimmzüge im Wasser machen!», kam es lautstark vom Bademeister herüber.

«Sag dem Marionettenspieler, er soll mich wieder von der Bühne holen», forderte Jürgen Robert auf.

«Ich verstehe nicht, warum sich ihr Gewicht nicht reduziert. Sie wurden doch auf strenge Diät gesetzt!?», wunderte sich der Arzt bei der Morgenvisite. „Ihre Blutwerte und ihr Blutdruck gefallen mir überhaupt nicht! Sie essen doch nicht etwa heimlich?"

«Nein Herr Stationsvorsteher. Bestimmt nicht», log Robert.

«Glaubst du, das ist gut, wenn du ihn anlügst? Du hättest ihm sagen sollen, dass du gestern den Pizzaservice angerufen und den Lieferanten am Eingang abgefangen hast», sagte Jürgen, nachdem das Visiteteam das Zimmer wieder verlassen hatten.

«Die kleine Pizza wird mich schon nicht umbringen! Apropos Pizza: Hast du noch ein paar von den Schokokeksen von gestern übrig?», bat Robert.

Jürgen warf ihm die noch ungeöffnete Packung vom Bett aus zu. Robert fing sie mit einer Hand auf.

«Was hast du dir heute zum Mittagessen bestellt?», wollte Robert wissen.

«Du willst doch nur wieder was abhaben, und ich bin jedes Mal so gutmütig und mache das.»

«Du bist auch mein Freund und solltest auf mein Wohlergehen achten.»

«Ich sollte dir besser nichts geben. Der Arzt merkt das schon längst!», meldete sich Jürgens schlechtes Gewissen.

«Ach was! Ich bin eh' bald wieder raus hier», winkte Robert ab.

Frühmorgens wachte Jürgen durch Stimmengewirr auf.
Drei Stationsschwestern standen um Roberts Bett herum.
Etwas Ungewöhnliches schien sich abzuspielen.
Die Schwestern waren sichtlich aufgeregt. Jürgen wusste nicht warum.
Eine der Schwestern zog etwas unter Roberts Kissen hervor.
Jürgen erkannte die leere Verpackung der Schokokekse.
Sie hatten die heimliche Nascherei entdeckt!
Obwohl Jürgen nichts Verbotenes getan hatte, bekam er sofort ein schlechtes Gewissen, denn er hatte Robert die Kekse geschenkt.
Irgendwie fühlte Jürgen sich als Mittäter ertappt.
Verlegenheit ließ ihn zu Boden blicken.

Eine Schwester klappte das Kopfteil des Bettes nach unten in die Waagerechte.
Sie zog die Decke über Roberts Kopf nach oben.

Zuerst verstand Jürgen nicht, was das bedeuten sollte.
Langsam begriff er.
Ein eiskalter Schauer lief ihm über den Rücken.
Die Schwestern schoben Robert aus dem Zimmer.

Jürgen flüsterte ihm hinterher: «Du hattest recht mein Freund - Feuer kann nicht alleine flussaufwärts schwimmen.
Pass auf meine Beine auf, Kumpel!»

Autorenwort:

Von den Beinen zum Gewicht: Unsere Konsumgesellschaft bietet kulinarische Verführungen im Überschuss. Wer kann zu den vielen Leckereien schon „nein" sagen. Wir sündigen täglich, wir essen im Übermaß und quälen uns andererseits durch alle möglichen Diäten. Es gibt immer mehr Menschen mit Übergewicht. Fastfood ist inzwischen auch in Deutschland weit verbreitet. Das „schnelle Essen" lockt in einer von Terminen gehetzten Gesellschaft.
Immer mehr schwer übergewichtige Menschen müssen in Notfällen von Notärzten und Rettungssanitätern versorgt und ins Krankenhaus transportiert werden. Hier gibt es gewaltige zusätzliche Probleme.
Die Besatzungsteams von Rettungsfahrzeugen müssen immer häufiger Gewichte heben, die um ein Vielfaches das Gewicht übersteigen, das eine Rettungskraft heben darf.

Meine Geschichte entstand im Januar 2010.

Im April 2010 erhielt die Rettungsdienststelle Traunstein einen Adipositas-Rettungswagen.

In diesen Rettungsfahrzeugen gibt es Krankenliegen mit größerer Breite und höherer Tragfähigkeit. Auch die Böden dieser Fahrzeuge wurden verstärkt, um übergewichtige Personen sicher transportieren zu können.
Eine hydraulische Ladebordwand hebt die Liege an und entlastet damit das Rettungspersonal.

Bewegung und gesunde Ernährung - zwei Bausteine, die leider immer seltener aufeinander gesetzt werden.

TARGET DONAU

«Vor vierzig Minuten ist es passiert», verbreitete der jung aussehende, große Mann mit dem schwäbischen Akzent die Horrornachricht.
«Mist, warum?», fragte Robert und hielt sich erschrocken die Hand vor den Mund.
Robert saß im Tarnanzug auf einer Tischecke. Die Nachricht schnürte seinen Brustkorb ein.
Warum? Eine Frage, die sich jeder hier stellte und auf die es keine greifbaren Antworten gab.
Warum?
Warum geschieht es?
Warum nehmen sie die helfende Hand nicht entgegen?
Warum ist dieser Hass in ihnen?
Warum kann man nicht aufeinander zugehen und die Probleme beenden?
Warum trifft es einen unverhofft?
Wen trifft es unverhofft?

«Holler und Ackler hat´s erwischt. Die Patrouille fuhr kurz vor Donau in einen Hinterhalt», klang die Stimme von ganz weit weg, wie aus einem anderen Zimmer. Ein Zimmer, in dem Robert jetzt gerne wäre. Die Tür hinter sich schließen und die Probleme dagegen laufen lassen. Ein Zimmer der Ruhe, Zeit, sich Gedanken machen zu können. Weit, weit weg von hier.

Die Stimme wurde leiser, schließlich verwaschen und drang nicht mehr durch die Türe zu ihm durch. Robert wusste, wo Donau ist. Er war selbst schon ein paar Mal an diesem Markierungspunkt auf der Strecke nach Chahar Darrah vorbeigefahren. Donau war ein Pseudonym, wie alles hier ein Pseudonym ist.

Vielleicht war es auch *sein* Pseudonym, das sich hier, an diesem Ort aufhielt und nicht er selbst?

Hallo? Warum mussten es Holler und Ackler sein? Warum auf dieser Strecke? Warum in diesem Land? Warum heute? Vorgestern noch war er selbst auf dieser Strecke Patrouille gefahren. Himmel, ja, er war noch da.

Russisches Roulette.

Eine Patrone in der Trommel.

Mit Schwung das Glücksrad drehen.

Fünf haben Erfolg, einer Pech.

Wie lang hat man Glück?

Ist es wirklich Glück oder ist es Vorsehung?

Kurts Stimme wurde von Robert wieder deutlicher wahrgenommen, so als ob jemand den Lautstärkeregler langsam nach rechts dreht:

« ... ihr Wolf wurde durch eine fern gezündete Sprengladung von der Straße abgedrängt. Der Fahrer des Geländewagens hatte Probleme, das Fahrzeug aus dem Sand herauszumanövrieren. Nur kurz.

Zeit genug für eine Gruppe radikaler Taliban, die an einer Anhöhe im Hinterhalt lauerten. Sie eröffneten sofort das Feuer. Auf Donau, auf den Konvoi, auf den sicherheitsverstärkten Wolf, auf die vier Kameraden im Fahrzeug, ... auf Holler und Ackler…

Die anderen Fahrzeuge des Konvois wendeten. Verzweifelt versuchte der Fahrer des gepanzerten Dingo, sich in die Feuerlinie zu stellen. Zu spät für Holler und Ackler. Durch die gewaltige Detonation war die vordere verstärkte Seitenscheibe zerborsten… Eine Kugel drang zwei Zentimeter unter Hollers Stahlhelmkante ein …», er schluckte und machte eine kurze Pause… «… trat auf der anderen Seite wieder aus… und…und… erwischte dann auch Ackler…tödlich», seufzte Kurt abschließend schwer.

«Bei Gefechten in der nordafghanischen Provinz Kundus sind am Freitagvormittag zwei deutsche Soldaten ums Leben gekommen. Ein deutscher Konvoi war in einen Hinterhalt geraten und beschossen worden. Ein Fahrzeug wurde bei einem so genannten IED-Anschlag - hierbei handelt es sich um einen selbst gebastelten Sprengsatz - schwer beschädigt. Die Soldaten des Konvois haben das Feuer erwidert. Über weitere Verletzte oder mögliche Opfer auf gegnerischer Seite liegen uns derzeit noch keine Informationen vor. Und nun zum Wetter:», erklärte der Nachrichtenmoderator steril und ohne Anteilnahme.

«Oh mein Gott, Robert», entfuhr es Astrid, als sie die Meldung im Fernsehen vernahm.
Ihr Freund Robert befand sich seit vier Wochen im Auslandseinsatz im Feldlager Kundus.
Vor einer solchen Horrornachricht hatte sie sich immer gefürchtet.
Diese schreckliche Ungewissheit.
Eine Todesmeldung. Wer sind die Toten?
Ein Schauer kroch ihr über den Rücken.
Sie hatte eine Telefonnummer. Eine Nummer für Angehörige.
«Hier können Sie jederzeit anrufen, meine Damen und Herren, um sich nach ihrem Lebenspartner, Freund oder Bruder zu erkundigen», sagte der Presseoffizier der Bundeswehr bei der Informationsveranstaltung in der Kaserne, eine Woche vor der offiziellen Truppenverlegung.

Sie hoffte immer, diese Nummer nie wählen zu müssen.
Jetzt hielt sie den Zettel und dieser zitterte. Ihre Hand zitterte.

Ihre Finger schwebten über dem Telefon, das auf dem
Wohnzimmertisch stand. Sie zögerte, die Nummer zu wählen.
Sicherlich würde sie eine gute Nachricht erfahren.
Robert lebt.
Angst.
Sie hatte Angst.
Angst, die sie zögern ließ.
Angst, jemand könnte etwas Schlimmes sagen:
«Stabsunteroffizier Schuster sagen Sie? Moment ich sehe nach.
Stabsunteroffizier Schuster ist ...»

Astrid schreckte plötzlich zusammen. Sie dachte, ihr Herz bliebe
stehen.
Das Mobilteil klingelte.
Je länger es klingelte umso mehr beschleunigte sich ihre Atmung.
Warum klingelte es?
Was bedeutete das?
«Bitte, bitte, lass es nicht das sein», schluchzte sie verzweifelt.
Sie musste sich überwinden, den Anruf anzunehmen.
«Ja, Astrid Naste», hauchte sie stimmlos.
«Hallo Astrid, mein Kleines, ich habe die Meldung gehört. Geht es
Robert gut? Hast du etwas erfahren?», fragte ihre Mutter nervös.
«Ach, Mutter. Es ist so schrecklich. Ich habe keine Ahnung»,
jammerte Astrid.

Robert ging in sandfarbenen Stiefeln durch das Feldlager.
Der feine Sand knirschte unter seinen Absätzen. Kleine Staubwolken
wirbelten bei jedem seiner Schritte empor und erzeugten eine
Irritation, so als schwebte er über dem Boden.

Er stellte sich zu den Männern an der Telefonzelle. Jeder wollte natürlich zu Hause anrufen. Es war immer so. Ein Toter, alle stehen Schlange, alle telefonieren. Very strange.

«Schlimm, jedes Mal diese Ungewissheit für die Angehörigen! Zu Hause hofft natürlich jeder. Für einige wird die Hoffnung bitter zu Boden geworfen!», sagte Robert zu dem Unteroffizier, der vor ihm wartete.
Dieser war bereits zwei Monate länger im Feldlager als Robert. Robert kannte ihn. Man kennt sich hier. Man duzt sich hier. Robert dachte: je dicker die Scheiße ist, die man zusammen durchmacht, umso näher steht man sich.
Manche hier titulieren diese Scheiße auch als Kameradschaftlichkeit.
Am linken Ärmel seiner Uniform hatte der Unteroffizier einen Aufnäher, *„Taliban Hillfighter"*, angebracht. Der Schriftzug ähnelte dem der Modemarke *Tommy Hilfiger*.

«Es passiert immer öfter. Wir sitzen hier mittlerweile auf einem gigantischen Pulverfass. Die Taliban strömen in Scharen aus dem Süden zurück in ihre Dörfer, hier her. Von wegen der Norden sei ruhig und es ginge um den Wiederaufbau. Die Zelte, die wir zum Schutz der Kinder vor Hitze und Sonne und als Schulen aufgebaut haben, stehen mittlerweile schon wieder leer. Die afghanischen Lehrer in den Dörfern werden einfach erschossen.
Und was machen wir? Uns wurde ein Maulkorb verpasst. Die aufständischen Taliban wissen genau, dass die deutschen Truppen wie Hofhunde an die Leine gelegt sind und nur bellen. Das Mandat unserer Regierung lässt keine Kampfhandlungen zu. Trotzdem kommt es inzwischen täglich zu Feuergefechten.
Wir stecken hier in einem Krieg. Die Politiker zu Hause sitzen mit Scheuklappen vor der Wahrheit. Das Wort „Krieg" schadet dem Wahlbarometer und wird gemieden wie die Pest.

Zu Hause müssen Minister zurücktreten, wenn hier gegen radikale Aggressoren vorgegangen wird.

Die Politiker daheim werfen sich gegenseitig die Pakete zu, die hier bei uns explodieren!
Hier ist die Lage etwas anders. Hier hast du nicht die Zeit, tagelang zu debattieren wie im Bundestag. Zu den Problemen, die heute dort diskutiert werden, sind hier bereits viele andere hinzugekommen. Hier zählen Sekunden! Sekunden, in denen auch über unser Schicksal entschieden wird, nämlich ob wir aufrecht stehend oder liegend wieder nach Hause transportiert werden!», entrüstete sich der Unteroffizier und sprach damit die Gedanken vieler Soldaten direkt aus.

«Ja, und jetzt verlegen die Amis Truppenteile in diese Gegend hier her, um wieder für Respekt zu sorgen.
Damit sind *wir* mit dem Stempel der Unfähigkeit gebrandmarkt», mischte sich ein anderer in das Gespräch ein.

Robert nickte seinen Kameraden zu und erlebte eine gefühlsmäßige Achterbahnfahrt. Es war sein Job, hier zu sein. Über den Sinn und Zweck zu entscheiden oder die Frage, *wie* die Aufgaben hier zu bewältigen waren, lag nicht in seinem Kompetenzbereich. Je länger er hier war, umso stärker zweifelte er an einem zufrieden stellenden Ergebnis dieser Mission.
Sollte er wirklich hier sein?
Eine in der Trommel.
Fünf kommen durch.
Er hatte ein eigenartiges Gefühl im Bauch.
Vermutlich war es nur ein Hungergefühl…

Er hatte sich bis nach vorne gewartet. Es gab nicht viele Möglichkeiten, sich hier die Zeit zu vertreiben. Warten war eine davon. Das Lager verließ keiner mehr, außer zu den Patrouillen.

Lagerkollaps war das Unwort des Jahres, für jeden im Camp, bereits nach ein paar Wochen Aufenthalt.

Er wählte. Belegt. Noch einmal. Belegt. Komm schon Astrid, leg auf, dachte er. Dreißig Minuten warten, nur um ein Besetztzeichen zu hören! Enttäuscht hängte er nach drei Versuchen ein, machte Platz für den Nächsten und zuckte diesem mit den Schultern zu.

Sein unruhiges Bauchgefühl war auch nach dem Essen noch da. Er schlief sehr schlecht in der folgenden Nacht und fühlte sich nach dem Aufstehen immer noch mau. Sollte er sich krank melden? Eine Patrouille stand für ihn heute Morgen auf dem Programm. Und das gesamte Ausflugspaket war für diesen Urlaub bereits mit gebucht. Irgendwie geht das schon. Er zog seine Splitterschutzweste über den Tarnanzug und streifte die Handschuhe über, die vor Verbrennungen schützen sollten, falls es einem nicht gleich die ganze Hand oder den Arm abriss.

Unter dem Stahlhelm rückte er seine Schutzbrille zur Sicherheit vor dem Erblinden zurecht. Er steckte Ohrstöpsel in seine Ohren, die das Trommelfell vor dem Platzen schützten, wenn es knallte oder etwas explodierte. Außer man stand direkt in der Explosion… Er hasste diese Gedanken, aber sie kamen immer wieder…

Die Patrouille, ein Dingo und zwei Wölfe verließen nach einem Funkgerätetest das Lager. Mit verkrampften Händen umklammerte Robert seine Waffe und rutschte nervös auf dem Beifahrersitz umher. Angespannt suchten seine Augen die Umgebung ab.

Holprig, selbst für ein Geländefahrzeug, ging es vorwärts. Hier ein Schlag in den Rücken, dort ein Stoß in die Seite. Da war es wieder.

Das flaue Bauchgefühl. Schwere und Leichtigkeit wechselten einander ab. War es doch Hunger? Appetit hatte er keinen! Vielleicht hätte er doch eine Kleinigkeit essen sollen?

Sie fuhren auf einen älteren Afghanen zu, der am Straßenrand stand und wartete.
Robert beobachtete ihn genau. «Achtung, der zieht etwas aus seiner verlumpten Jacke», warnte Robert den Stabsunteroffizier am Lenkrad. Robert entsicherte die Waffe und war bereit.
«Ruhig, das ist nur ein Handy. Deswegen können wir ihn nicht umnieten», besänftigte Füller. Während sie langsam an dem Mann vorbeifuhren, beobachtete Robert, wie der Afghane mit dem Handy telefonierte.
«Du weißt doch selber, dass das ein Spotter ist?», sagte Robert.
«Ja, und was sollen wir dagegen machen? Wir können ihm nichts. Er begeht keine Straftat», entgegnete ihm Füller.
Der Afghane lächelte aus seinem schwarzen Vollbart heraus und entblößte eine unregelmäßige Reihe brauner Zähne.
Misstrauisch ließ Robert ihn nicht aus den Augen.
«Der meldet unsere Fahrgemeinschaft soeben seiner Zentrale, die ihm dieses Handy sponsert», beschwerte sich Robert.
Robert hatte von den „Spottern" gehört. Sie standen an Straßenrändern und gaben Personenstärken und Fahrtrichtungen der Truppenteile weiter.
«Weist du, was das für ein System ist?», fragte Füller.
«Ein Taliban - AWACS!», fügte er hinzu.
Robert schmunzelte und nickte.

Der Taliban, nein der Afghane - Robert wusste schon gar nicht mehr, was dieser Mann alles sein könnte - ließ ihn noch wachsamer werden. AWACS, sehr komisch, den musste er sich merken.

Ein lautes Krachen ließ Robert aufschrecken. Der Wolf vor ihnen war auf eine Sprengfalle gefahren. Das Heck des Fahrzeugs wurde hoch geschleudert, und der Wagen drohte, sich zu überschlagen.
Robert versuchte blitzschnell, die Umgebung zu erfassen. Sein Blick blieb auf dem staubigen Feld rechts von ihnen hängen. In Zeitlupe nahm er eine Bewegung wahr. Ein getarnter Deckel wurde auf dem Feld hochgeworfen.
Aus dem Boden heraus erhob sich ein Mann mit einer Panzerfaust im Anschlag. Rauch stieg auf, und das Geschoss rauschte auf ihren Wolf zu.
«Neiin», schrie Robert. Es krachte, und eine Staubfontäne wirbelte auf, als der Wolf am Vorderrad getroffen und umgeworfen wurde. Lebte er noch?
Der Stabsunteroffizier neben ihm blutete an der Stirn. Sein Blick war glasig. Apathisch.
Robert kletterte aus dem Fenster hinter den Wolf und nahm sein Gewehr in Anschlag.

Er kam sich vor wie Gary Cooper in „High Noon". Allein.
Ein einsamer Revolverheld gegen eine Gruppe Banditen. Dazu drängten sich Text und Melodie von Polarkreis 18 in sein Ohr:
We look into faces / Wait for a sign / Wir sind allein / Allein, allein

Mehrere Talibankämpfer standen ohne Deckung auf dem Feld und feuerten aus ihren Gewehren. Drei oder Vier konnte Robert aus dem Augenwinkel ausmachen.
Robert nahm den Panzerfaustschützen ins Visier. Ruhig halten. Nicht zögern, auch nicht, weil dort ein Mensch steht.
Die Ausbildung zur Krisenreaktionskraft brachte die Stärke und den Mut, den Zeigefinger am Abzug durchzuziehen. Die Panzerfaust fiel zu Boden, der Taliban riss die Arme empor und viel nach hinten in den Staub. Schüsse zischten hin und her.
Robert hatte nicht die Zeit, nach seinen Kameraden zu sehen.

Sie waren noch da. Trotzdem war sein Gefühl das einsamste, das er je verspürte. Adrenalin und Verzweiflung ließen ihn wie einen Automaten funktionieren. Auge, Erfassung, Ziel, Schuss.
Auge, Erfassung, Ziel, Schuss.
Ein Schuss traf das Blech neben ihm. Er zuckte zur Seite.
Weitere Schüsse prasselten wie Hagel auf den Wolf ein.
Gary Cooper stirbt nicht in "High Noon".
Der Hauptdarsteller stirbt nie.
Wer ist der Hauptdarsteller in dieser Szene? Robert sackte hinter dem Wolf in die Knie. Dann verstummten die Waffen.
Der Hauptdarsteller ist immer stark.
Robert zitterte.
«Robert, bist du in Ordnung?», fragte ein Kamerad und kniete sich neben ihn hin.
«Ich bin o.k.», glaubte Robert. «Füller ist noch im Wolf.»
Robert erhob sich und blickte hinüber zum Feld. Vier Talibankämpfer lagen bewegungslos im Staub.
Robert hatte einen von ihnen getroffen. Er hatte einen Menschen erschossen.
Der Kamerad, der nach Füller sah, erhob sich schwerfällig.
Robert blickte in Füllers Augen. Immer noch glasig. Starr.
Füller war nicht der Hauptdarsteller.
Schreien, das war es, wonach Robert zumute war. Nur noch schreien.
Auch wenn es Gary Cooper nicht tat, brüllte Robert seine Verzweiflung am Ende laut heraus.

Er zitterte und wälzte sich im Bett hin und her...
«Es ist gut. Ganz ruhig, Robert. Du bist wieder zu Hause, in deinem Bett», flüsterte Astrid und streichelte über seine Stirn.

Very strange.

Autorenwort:

Politik.
Ein weites Feld.
Komplex.
Schwierig.
Durch viele verschiedene Meinungen und Ansichten nicht immer
in Gleichklang zu bringen.
Besonders kompliziert wird Politik, wenn sie das eigene Land verlässt.

Meine Geschichte entstand im Januar 2010.

Zu diesem Zeitpunkt lag die Zahl der getöteten
Bundeswehrangehörigen bei 36!

Die Story erhielt bei der Veranstaltung „Lesen lassen" im Salzburger
Literaturhaus am 15.02.2010 den zweiten Platz nach der
Zuhörerabstimmung.

In Afghanistan sind weiterhin deutsche Soldaten zur humanitären Hilfe
stationiert.

Dieses Autorenwort entstand am 20.April 2010.

Bis dahin waren es bereits 43 deutsche Bundeswehrsoldaten,
die bei ihren Einsätzen getötet wurden!

Die Politik beginnt nur zögerlich, von Kampfeinsätzen zu sprechen.
43 tragische Einzelschicksale.

Gedenken wir an dieser Stelle unserer gefallenen Soldaten, und
vergessen wir auch nicht die vielen Toten unter der afghanischen
Bevölkerung.

Langweilig

Mensch, Alter.
Sonntags ist tote Hose.
Nirgends was los.
Total eingemottet.
Das war doch früher nicht so ätzend?
Na ja, Tom, Dieter und Florian, alle haben seit einiger Zeit die Freiheit gekündigt.
Bei jedem wird das etwa ...?
Ich überlegte: .... zehn oder mehr Jahre her sein.
«Ach du Sch... (Schande)», dachte ich laut. «Zehn Jahre!»
Die Wörter mit „ver" sagen mir doch schon glatte Verpeilung voraus.
„Verloren", „verboten", „verunglückt", „verfahren", „verheiratet".
Damals waren wir noch zusammen um die Häuser gezogen. Der Tom, der Dieter, der Florian und ich: Robert.
Da war noch richtig Action, Alter.
Wir hatten rostfreiguten Spaß zusammen.
Ich war gerne mit ihnen zusammen. Wir verarschten uns oft und lachten viel miteinander. Hier kannst das „ver" wegdenken, Alter.
Ich konnte darüber lachen, wenn sie mich für dumm verkauften.
Schon wieder ein „ver"?

Ich bin schon immer ein happy Typ gewesen. Leute lachen oft über mich. Da lach´ ich mit.

Ich verstehe Spaß.

Ich schaue auch immer „Verstehen Sie Spaß" in der Glotze.

Ist das „ver" bei diesem Wort negativ frag ich mich gerade?

Du, da lernt man, ob jemand den anderen auf die Schippe nehmen will. Die letzte Zeit macht keiner mehr mit mir Spaß. Der Tom, der Dieter und der Florian haben jetzt Family. Die haben gar nicht mehr die Zeit, um mit mir was zu machen. Sie treffen sich oft mit den anderen Families und unternehmen zusammen was, versichern sie mir.

Ich habe keine Familie.

Deswegen sind die Sonntage voll langweilig.

Ich glaube, dass dem Tom, dem Dieter und dem Florian nie so langweilig ist wie mir.

Mann, was waren *die* cool früher.

Und jetzt?

Jetzt ist nichts mehr los mit ihnen. Langweiler sind sie geworden. Da habe ich es doch besser. Ich kann immer noch tun und lassen, was ich möchte. Aber was könnte ich machen?

Na ja, die meisten Spiele sind eben immer für zwei oder mehr Spieler.

Mann, Alter, schau mich nicht so an, nicht was du jetzt denkst.

Was hatten wir als Kinder an Spaß, als wir zusammen Schwarzer Peter spielten.

Kennst das, Alter?

Meistens bin ich der Peter geworden und bekam den schwarzen Fleck auf die Nase. Der Dieter hatte einmal den wasserfesten Filzer verwendet und einen dicken Knubbel auf meine Spitze gemalt. Am nächsten Tag hatte die ganze Klasse ihren Spaß. Der Herr Maier hatte zu mir gesagt: «Nur gut, dass du den Unterricht immer durch Selbstironie belebst.»

Er wollte damit ausdrücken, dass ich ein lustiges Bürschchen war. Das war die beste Beurteilung, die ich je von einem Lehrer erhalten habe.

Ja, dies waren eben meine Charaktervorzüge.

Bereits als kleiner Stöpsel lernte ich, wie man Menschen erheitern konnte.

Dieter war damals mit seinen Eltern zu Besuch bei uns gewesen.

Unsere Eltern meinten wir sollten uns anfreunden.

Sozusagen Windelpartner. Oder auf Neudeutsch: „Brothers in Pampers".

Fast schon stubenrein, beziehungsweise auf dem besten Weg dorthin clean zu werden.

Deswegen durften der Dieter und ich auch windelfrei Purzelbäume im Garten machen. Korrekte Sache.

Nur nicht den Zeitpunkt verpassen und rechtzeitig an den Weg zum Pinkeln denken, damit das irgendwann klappt!

Ja, auf dem Weg war ich gerade, Alter. Voll dran gedacht!

Breitbeinig wie John Wayne.

Mit jedem Schritt in Richtung Töpfchen wurde es spannender.

Mein Pimmelchen schaukelte hin und her und ich versuchte es dicht zu halten. Ich pustete die Gesichtsbacken auf und beschleunigte meinen Gang. Mann war ich aufgeregt, ob das Ding diesmal in die Auffangbüchse trifft.

Meine Premiere. Robert pullert ins Töpfchen. Windel ciao.

Denkste oder, Alter? Als ich nach links blickte, bemerkte ich ein Pimmelchen, das schneller schaukelte als meines. Das Pimmelchen hing an dem Dieter überholte mich mit schnelleren Schritten. Und er ließ seinen Hintern auf das Töpfchen plumpsen, kurz bevor ich es erreichte. Tatsch daun, Dieter häs landed, Housten.

Ich stand neben dem Töpfchen und strullerte mir auf die Füße.

Housten ich habe ein Problem. Housten schwieg zu diesem Vorfall.

Die Erwachsenen schüttelten sich vor Lachen.

Und ab da wusste ich wie man sie zum Lachen bringen kann. Ich habe das noch zwei bis drei Jahre probiert, aber so gelacht wie beim ersten Mal haben sie nie wieder. Besonders nicht als ich versuchte sie im Wohnzimmer zum Lachen zu bringen.

Auch als wir den ersten Schultag hatten, war es urkomisch. Nach einer kurzen Ansage, in dem unserer Lehrerin das üble Gerücht bestätigt hatte, dass wir auch am nächsten Tag wieder kommen mussten, wurde noch ein Klassenfoto gemacht. Stolze Schultütenschaukler auf dem Weg ins Leben. Ich stand also so auf der zweiten Treppe einer fahrbaren Fotobühne herum. Ich lachte mit meinen neuen Mitschülern um die Wette, nachdem sich der Fotograf vor dem Auslösen an mich gewandt hatte: «Der kleine Rotschopf dort in der zweiten Reihe, bitte nicht wie ein Breitmaulfrosch grinsen, sonst passt es nicht mehr aufs Bild.»

Als es vorbei war, stellte ich fest, dass die Schuhbänder meiner beiden Schuhe zusammengeknotet waren. Jetzt verstand ich auch den Ursprung des Wortes „Foto-Schuhting".

Begriff aber nicht, weshalb es nur meine Schuhe betraf.

Ich sprang die Treppe runter und bat den Florian meine Schultüte zu halten. Während ich versuchte meinen Knoten zu lösen, bemerkte ich nicht, wie der Florian zu seinen Eltern gewunken wurde. Er sagte voll nix und legte meine Schultüte hinter einem Reifen der Fotobühne. Der Fotograf konnte ja nicht direkt was für. Meine Schultüte war breit, nachdem er die Bühne zurückrangiert hatte. Die Armbanduhr, die ich darin fand, trage ich immer noch. Jedoch stehen die Zeiger seither auf 10 Uhr 30.

Gestern wollte ich mein Projekt gegen langweilige Sonntage anstoßen. Eine Partnerin sollte her.

Ich betrat also um 10 Uhr 30 die Anzeigenannahme unserer Tageszeitung.

«Hallo, wie geht's?»

Drei Tussis saßen psychisch beschäftigt hinter der Theke. Keine schien die Absicht gehabt zu haben mich bedienen zu wollen.

Also trieb ich mein Projekt vorwärts.

«Kann ich hier eine Frau suchen?», wollte ich wissen.

Fünf Augen sahen mich voll doof an.

Eines nicht.

Das schielte.

Ich blickte erwartungsvoll zu der Kleinen mit den *großen* Augen.

Denkste oder, Alter?

Die Schielung stand auf und kam näher.

Ein paar mal versuchte ich mich in ihre Blickrichtung zu stellen, gab es jedoch auf.

«Zwei Euro pro Zeile», antwortete sie dem Zeitungsständer in der Ecke.

Ich konnte also für läppische sechs Euro eine Frau ergattern.

Sonntag gerettet.

«Was sollen wir layouten?» machte sie mich an.

Umfassend wollte ich mich hier nicht outen.

«Ich möchte bloß eine Anzeige schalten», lies sie sich von mir mit Fachwissen überrumpeln.

«Ich höre», sagte sie.

Und hören war mir bei ihr weitaus angenehmer als, wenn sie mich anschielte.

Tja, denkste oder, Alter.

Jetzt stand ich da und überlegte.

Hast schon mal so eine Anzeige geschaltet?

Sollte ja nicht langweilig sein wie andere.

Mann muss aus dem Massebrei hervorglänzen, Alter!

Ich sog meine gesamten literarischen Qualitäten von innen heraus.

«Ich such das Pflaster für meine Seele, weil ich mich nachts im Bett nach dir quäle», sprudelte es stolz aus mir heraus.

Na ja, so oder ähnlich singen „ICH+ICH" es im Radio.

Was glaubst du, Alter?

Die brachen in Lachen aus.

Ich stoppte das Projekt vorerst, um die sechs Euro nicht in die falschen Worte zu investieren.

Ich hoffe der langweilige Sonntag ist bald verflacht, Alter.

Autorenwort:

Mensch Alter, nach all diesen Schicksals-Stories
habe ich mich einmal voll hingesetzt und ernsthaft versucht,
eine lustige Geschichte aufzutippsen.
Und Alter, du glaubst es nicht, ich musste echt mehr Power reinfüllen
als bisher.
Ich werde das demnächst noch einmal ausprobieren müssen.
Dann werd´ ich dir noch mehr von meinem Leben reindrücken, Alter!

Ist Humor schwerer zu Papier zu bringen als ernsthafte Themen?
Lesen Sie dazu die nächste Geschichte!

Klempner Huber

Der Huber spürte ein Vibrieren in seiner Arbeitshose. Er holte sein V-Phone aus der Tasche und betrachtete kurz das Holodisplay. Ein digitales Hologramm von einem Kopf rotierte um sich selbst und signalisierte ihm dadurch einen Bildanruf. Mit seinem Finger quittierte er auf das Display, den Videoanruf entgegenzunehmen.

«A so a Mist, jetza geht des Ding scho wieda ned gscheid. Wia soll der Fingerabdruckscanner a bloß mit dreckige Finga gehen? I kon mir ja ned ständig die Pratzen bei da Arbeit waschen», murrte der Huber und versuchte durch Aneinanderreiben von Zeigefinger und Daumen seine schwarzen Finger einigermaßen sauber zu bekommen.

«A Graffe erfinden´s oiwei. So was taugt ned für an Handwerker», pulverte er ärgerlich auf sein Pocketoffice der Marke Chiemseebiber.

«Huber. Solaroperator und Inhouse Health Technics», meldete er sich, so gut es ging auswendig gelernt, nachdem das Gerät letztlich doch seine Fingerrillen als Passworteingabe akzeptiert hatte und schaute dabei in die 3D-WideHD Linse seines Gerätes.
Diese geschwollene Berufstitulierung kam etwas holprig mit bairischem Dialekt über seine Lippen.

So richtig konnte er sich mit diesen europäisch eingeführten Berufsbezeichnungen nicht anfreunden.
Vor dreißig Jahren hatten es seine Berufsvettern noch einfacher, behauptete er immer am Stammtisch. Da konnte man noch „Gas,

Wasser, Scheiße" dazu sagen witzelte er gerne unter seinen Stammtischkollegen beim Dorfwirt. Aber Gas war vor fünf Jahren bereits durch umweltfreundliche Alternativen abgelöst worden. Und Dorfwirt durfte der Huber ja auch nicht mehr sagen. Der Dorfwirt war ja jetzt der Tenancier Auberge de la Gestion. Der Huber konnte das sowieso nicht aussprechen.

Die EU setzte damals, nach der ersten Staaten-Verringerung aufgrund einiger Pleiteländer, auf noch mehr Integration und Vereinheitlichung der übrig gebliebenen Mitgliedsländer. So ziemlich alles wurde europäisiert. Also wurde aus der Toiletten-Reinigungsfrau die Chemical Cleaning Toilet Headleader. Und aus ihm, dem Handwerks-Sanitär Meister wurde der Inhouse Health Technics Master. Klar, das war einfacher. So konnte man aus ganz Europa einen Sanitär-Meister zu sich bestellen, da diese überall einen einheitlichen Namen im Telefonbuch führten. Seither jedoch hatte die Huber-Firma noch keinen Videoruf aus Frankreich oder England erhalten.

Dem Huber war natürlich damals völlig einleuchtend gewesen, dass das Ganze ein sorgfältig durchdachter und genial geplanter Coup einiger einflussreicher Europaratsmitglieder war, um der zu dieser Zeit müden Wirtschaft neue Impulse zu geben. Tatsächlich klappte das hervorragend. Firmen, Handwerksbetriebe, Geschäfte, Software, so ziemlich alles musste durch die Besitzer, Inhaber, Programmierer, Ämter und so weiter und so fort, geändert werden. Firmenschilder, Geschäftspapiere, Werbung an Firmenfahrzeugen, Internetseiten, Branchenverzeichnisse, Telefonlisten, einfach alles wurde erneuert und an einheitliche Strukturen angepasst.
Querbeet profitierten alle Branchen von den milliardenschweren Investitionen und millionenfachen Aufträgen, europaweit.
Da die Aufträge und Ausschreibungen tatsächlich nur innerhalb des europäischen Wirtschaftsraumes beauftragt werden durften, drehte sich die Konjunkturspirale in Europa schwindelerregend nach oben.

Der Huber drehte sich darin mit und profitierte davon genauso, wie sämtliche weitere Betriebe im Chiemgau. Die Arbeitslosigkeit sank damals auf den tiefsten Stand der bairischen Geschichte. Alle konnten zufrieden sein, auch der Huber.

Trotzdem verlor der Huber etwas, mit dem er aufgewachsen war.
Etwas an das er sich gewohnt hatte.
Etwas das seit Generationen in Bayern bestanden hatte.
Ein großes Stück Tradition und Brauchtum brach einfach weg.
Er verlor dadurch seine Vergangenheit.
Nein, nicht nur *seine* Vergangenheit, sondern auch die seiner Väter.
Für den Huber waren die Erneuerungen Geschenk und Fluch zugleich.
Es entstand Wachstum und Wohlstand in Bayern.
Hartz IV war ein Begriff, der nur noch in nostalgischen Re-Prints alter Tageszeitungen zu finden war.

Vor der Umstellung herrschte euphorische Aufbruchstimmung. Ein Neuaufbau sondergleichen entwickelte sich im Bayernland.
Angesteckt, wie durch einen Virus wurden in diesem Zuge die Privathäuser einer Renovierungswelle nie da gewesenen Ausmaßes unterzogen.
Die Bayern verdienten und investierten.
Die Bayern investierten und renovierten.
Die Bayern renovierten und erneuerten.
Die Bayern erneuerten ihr Land.
Es wurde erfunden und entwickelt, was das Zeug hielt.
Nie gab es so viele Patentanmeldungen wie in dieser Zeit.
Die Leute waren verrückt nach den Erfindungen. Es wurden Standards gesetzt, die als Statussymbol angesehen wurden. Jeder musste alles besitzen, da der Nachbar ja auch alles hatte.
Die Bayern verbesserten ihre Standards, erneuerten ihre Lebensweise und ihre Sprache gleich mit.

Jeder war nach der Umstellung gezwungen, sich den Erneuerungen anzupassen. Sowohl in ihrer Sprache als auch in ihrem Tagesablauf fanden sich die Bayern gefordert, mit den Änderungen Schritt zu halten und sich umzugewöhnen.

Dem Huber ist das, wie wir gemerkt haben, bis heute noch nicht gelungen.
Er hat seine ursprünglichen bairischen Sprachgewohnheiten größtenteils beibehalten und die neuen Einflüsse nur auf das notwendigste, arbeitstechnische an sich heran gelassen.
Es war für den Huber nicht einfach zu sehen, wie sein geliebtes Bayernland langsam in einem Einheitsbrei zusammengemischt wurde.

Um noch mal auf die Tageszeitungen zurückzukommen: in Papierform benutzte diese seit Jahren niemand mehr.
Zeitungen waren, wie alles andere digitalisiert. Die News, wie sie allgemein nur noch bezeichnet wurden, kamen als digitales Abo ins Haus. Wenn man Zeit hatte, las man die Berichte auf dem Multimediaschirm, gemütlich im Wohnzimmer. Oder man ließ sie sich ganz einfach vom HausRobo vorlesen. Die neusten Modelle konnten mit ihren Besitzern sogar Diskussionsrunden über die aktuellen Themen führen.

Briefkästen an den Hauswänden waren mittlerweile auch ein Relikt. Aktuelle Werbeaktionen und Sonderangebote von örtlichen Firmen konnten durch USB-Supporter, in die sich die Briefträger änderten, zugestellt werden. Ein USB-Supporter ging von Haus zu Haus und lud seine Daten in den Haus-USB-Port, der sich unter jeder Namensklingel befand. Jedem Bürger stand es natürlich frei, Werbung zu akzeptieren. Hatte er die Software seines Ports auf werbefrei gestellt, konnten die Supporter keine Werbung übertragen. Auch Reklame nur bestimmter Firmen zuzulassen war möglich. So konnte jemand, der gerade seinen Garten umgestalten wollte, natürlich Werbung und Angebote von

Gartencentern zulassen. In diesem Sinn konnten den Bürger, je nach Bedürfnis alle Firmen erreichen oder nur bestimmte Branchen.

Die Betriebe hatten die Möglichkeiten in den Verteilzentren, die für die Verbreitung zuständig waren, ihre Werbung einzuspeisen, oder in Auftrag zu geben. Bezahlt wurde nach so genannter Zustellmenge, die nach Übermittlung errechnet wurde. Selbst Briefe und Rechnungen wurden nur noch über USB-Post verteilt. Um zu verhindern, dass unberechtigte Empfänger die Post zugestellt bekamen, konnten die Dokumente natürlich nur über einen Hauscode geöffnet werden.

Und so kam es schließlich dazu, dass eine USB-Werbung des Herrn Huber auf dem Büromonitor eines hochmodernen Traunsteiner Unternehmen landete.

«Space Travel Company, Traunstein», lächelte ihm das dreidimensionale Bild eines etwa fünfunddreißigjährigen Mannes auf dem Display seines V-Phone entgegen. Der Huber kannte die Space Company. Ein findiger Multimilliardär hatte die Idee gehabt, vor den Toren der Stadt eine Touristen-Raumfahrt zu gründen.
Gut, die Flüge waren nicht bezahlbar, zumindest nicht für den Huber. Nebenbei aber entwickelte es sich zu einem Touristenmagnet, da an der Aussichtsplattform viele Schaulustige die Abflüge beobachteten. Trotzdem kamen sie, die Reichen und Prominenten, um das „angesagteste Abenteuer zwischen Jangtsekiang und Mississippi" zu erleben, so ein Werbeslogan der Company.

«Grüß Gott Hr. Huber. Hier spricht Kleiber, der Public Office Manager. Sie wurden uns als kompetenter Master empfohlen. Unser Space Ship die Hochberg 1 hat ein Problem mit der chemischen Bordtoilette. Leider ist unser Company Mitarbeiter, der ansonsten diese Technik repariert erkrankt. Könnten Sie sich vorstellen uns hierbei zu helfen? Das Schiff soll in einer Stunde zum Mond fliegen und die fünf Fluggäste schlüpfen bereits in ihre Raumanzüge», nickte Herr Kleiber, als ob er bereits die Zustimmung von Hr. Huber hätte.

«Na ja, Klo is Klo», sagte der Huber knapp und zuckte mit den Schultern.

«Prächtig, dann beeilen Sie sich. Ich erwarte Sie an der Türe zum Terminal Check-In», wirkte der Hr. Kleiber sichtlich erleichtert. Sein Holo-Bild wirbelte wie in einem Wasserstrudel umher, wurde immer kleiner und verschwand schließlich als Punkt.

Der Huber packte seine Werkzeugtasche in den Elektrotransporter und aktivierte die Blutoothverbindung vom V-Phone zum Bordcomputer. Er teilte seinem V-Phone die Adresse in langsam ausgesprochenen Worten mit, da es schon öfter Probleme mit seinem bairischen Dialekt gab. Der Elektrotransporter setzte sich automatisch in Gang. Das V-Phone navigierte ihn durch den Traunsteiner Elektro-Verkehr, ohne dass ein manuelles Eingreifen durch den Huber notwendig wurde, zur Space Company. Street View sei Dank! Aufgrund der Autopiloten in den Fahrzeugen rollte der Verkehr seit ein paar Jahren fast unfallfrei über die Straßen.

Als nur noch Elektrofahrzeuge in Traunstein unterwegs waren, merkte der Huber erst, wie leise eine Stadt sein konnte.
Die Abgase verschwanden aus den Städten und Umweltplaketten gehörten schnell der Vergangenheit an.
Die Innenstädte erfuhren eine Renaissance an Lebensqualität und Ruhe. Pflanzen und Blumen trugen ihren Beitrag zu einem harmonischen Stadtbild.
Ohne Geräuschfaktor war eine erholsame Nachtruhe, selbst in den Innenstädten, wieder mit geöffneten Fenstern möglich.

Der Huber konnte sich gar nicht mehr vorstellen, wie es die Menschen so lange Zeit mit den lauten, stinkenden Knatterkisten zusammen ertragen hatten und diese nicht bereits viel eher abschafften.

Der Huber stellte sein Fahrzeug auf dem großen Parkplatz am Hochberg ab und holte seine Tasche aus dem Kofferraum. Er ging zum Haupteingang. Wie versprochen erwartete ihn Hr. Kleiber dort bereits.

Der Huber beugte sich nach unten, um den Hr. Kleiber die Hand zu schütteln, die dieser ihm entgegenreichte:
«Servus, i bin da Huba.»
«Kleiber. Gut, dass Sie so schnell einspringen konnten. Folgen Sie mir.»

Ein Genfutter-Gnom überlegte der Huber. Als sich etwa 2020 das genmanipulierte Saatgut fast selbstständig durch Vermehrung über das Land verbreitete und die Bayern die vermischten Ernten einbrachten, kamen ein paar Jahre später die ersten Gen-Gnome zur Welt. Es gibt ein paar hundert davon hier in Traunstein. Der Huber ließ sich sein Bedauern nicht anmerken und folgte dem kleinen Mann, der fast im Laufschritt vor ihm her trabte. Er scheint es eilig zu haben überlegte der Huber, hatte jedoch keine Mühe ihm mit seiner Werkzeugtasche zu folgen.

Was Hr. Huber an dieser Stelle nicht wusste und ihm später zum Verhängnis wurde, war die hektische Aufregung des kleinen Hr. Kleiber. Dieser vergaß schlichtweg den Hr. Huber als Handwerker im Raumschiff an der Flugleitstelle anzumelden.

Im Abflughangar angekommen präsentierte der kleine Hr. Kleiber völlig außer Atem und immer wieder zwischendurch tief Luft holend:

«Das ... das ist unser Baby. Die Hochberg 1. Die Vollendung ... alles .... alles ... technischen Know How. Ein Meilenstein bayerischer Entwicklungsgeschichte.»
Der Huber betrachtete das stromlinienförmige, schwarze Raumschiff der Größe eines E-LKW.
«Bärig. Da legst di nieda», nickte er anerkennungsvoll.

Hr. Kleiber war weiterhin in treibender Hektik. Mit einem Handgriff öffnete er die seitliche Druckschleuse, die sich mit einem lauten pneumatischen Schmatzen auftat und nach unten klappte.
Der kleine Hr. Kleiber stieg problemlos durch die Luke ins Innere. Der Huber folgte ihm hinterher, stieß jedoch aufgrund seiner Größe, mit einem lauten „Boing", mit der Stirn an den oberen Lukenrahmen.
«Ze fix», fluchte er und rieb sich mit der Handfläche seine obere Gesichtshälfte.
«Hier müssen Sie den Kopf einziehen», empfahl ihm Hr. Kleiber ohne sich umzusehen.
«Danke, i hob grad getestet, was passiert, wenn i des ned mach», brummelte der Huber zwecks dieser zu späten Warnung zurück.
«Hier im Inneren gibt es zehn komfortable Schalensitze, die sich elektronisch in Schlafliegen umwandeln lassen. Jeder Sitz hat genügend Beinabstand und sein eigenes Panoramafenster ins Weltall.»
Was Hr. Kleiber mit Panoramafenster bezeichnete, registrierte der Huber jedoch nur als kleines Bullauge.

«Jeder Sitz hat seine Multimediakonsole und sie können ihre Bilder und Videos aus dem Schiff gleich an ihre Video-Comunity-Kontakte per Moon-Mail versenden. Hinten finden Sie unsere Weltallbar zum gemütlichen Verweilen. Buchen Sie einen Flug bei uns und ihre Freunde werden sie beneiden», beschrieb der Hr. Kleiber voller Leidenschaft die Innenausstattung.

«Ja schee und wo is jetza nachad des Scheißheisl da herinnen?», fragte der Huber völlig interesselos an dem modernen Schnickschnack.

«Ach ja, das hätte ich jetzt in der Aufregung beinahe vergessen», prustete der kleine Mann lachend heraus.
«Folgen Sie mir.»

Der kleine Hr. Kleiber trabte wieder.
Hinten um die Weltallbar herum.
Der Huber fast schon genauso hinterdrein.

«Links durch die Türe haben wir die Bordtoilette und hinter der rechten Türe finden Sie die Duschkabine», deutete der kleinwüchsige Mann mit dem kurzen Arm.
«Was darin läuft sieht aus wie Wasser, sind aber in Wirklichkeit chemische Partikel, die wieder abgesaugt, gereinigt und mehrmals verwendet werden.»

«Die Toilette ist verstopft», sagte Hr. Kleiber ganz schlicht und banal.

«Des ham ma glei», schwang der Huber sein rechtes Bein über den Kopf von Hr. Kleiber und stieg einfach über den kleinen verdutzen Mann hinweg in die Bordtoilette.
«Ich lasse Sie hier mal alleine arbeiten. Ich habe noch dringende Sachen zu erledigen», stellte Hr. Kleiber mit einem Blick auf die Zeitanzeige seines Armbandmonitors fest.

«Wenn Sie fertig sind, schicken sie mir einen Videoruf. Dann hole ich sie wieder ab», fügte Hr. Kleiber hinzu, schloss die Bordtoilettentüre und trabte wie gewohnt davon.

Hr. Huber öffnete seine Werkzeugtasche und holte seinen altmodischen, roten Klostopfer heraus und machte sich an seinen Auftrag.

«Ois volla Hightech und trotzdem Probleme mit a verstopften Schüssel», murmelte der Huber.

Während der Huber so vor sich hinarbeitete, begann es in der Bordtoilette zu dröhnen und vibrieren.

«De ham ned bloß Probleme mitana Verstopfung. Do schepperts woanders a no», sagte Hr. Huber zu sich während alles um ihn wackelte. Nichts desto trotz setzte er seine Arbeit fort.

Der Fachmann, Verzeihung Master Huber, schaffte es natürlich die Angelegenheit wieder aus der Welt, bzw. aus dem Klo zu bringen.

«So des wär erledigt», freute er sich und verließ die Bordtoilette.

«Öha», rutschte ihm heraus, als er die Passagiere bereits in ihren Raumanzügen auf den Sitzen warten sah.

«An guadn Flug wünsch i», nickte ihnen Hr. Huber zu und wollte den Griff für die Seitenschleuse betätigen, da diese schon jemand geschlossen hatte.

«Halt! Was machen Sie da?» brüllte jemand.

Erschrocken fuhr Hr. Huber herum.

Der Bordpilot beugte sich in seinem Pilotensitz nach hinten und blickte ihn fragend an.

«Aussteign, wenn´s recht is.»

«Aber das können Sie nicht», erwiderte der Pilot.

«Koa Problem, i woas wie des geht. Bleim´s ruhig sitzen», winkte der Huber ab.

«Ich meine damit, Sie können nicht aufmachen, weil wir uns bereits auf einer Höhe von sechzig Kilometer befinden. Wenn Sie jetzt aufmachen, dann fliegen wir alle zur Luke hinaus.»

«Machans koane Witz Herr Pilot», sagte der Huber. In diesem Moment bemerkte er wie seine Werkzeugtasche nach oben schwebte. Alsdann begann er langsam selbst den Kontakt zum Boden zu verlieren. Vergebens versuchte er, etwas zum Einhalten zu finden, als er auch schon quer durch das Schiffsinnere seiner Tasche hinterher schwebte.

«Halt´s mi fest», rief er verzweifelt, als er über den Köpfen der Weltraumtouristen in der Schwerelosigkeit hing. Mit seinen Armen wedelte er wie ein Vogel, da er Angst hatte abzustürzen.

«Meine Damen und Herren, wir befinden uns nun in der Schwerelosigkeit. Sie können sich jetzt von ihren Sitzen abschnallen und ihre ersten Flugversuche unternehmen. Bitte beachten Sie, sich nicht von den Bordwänden mit ihren Füßen abzustoßen, um Luftzusammenstöße zu vermeiden. Die Space Travel Company wünscht ihnen eine angenehme Schwerelosigkeit», verlautete die Durchsage des Bordpiloten.

«Des hob i selba a g´merkt», erwiderte der Huber, sichtlich mit Stabilisierungsversuchen seines, um die eigene Achse drehenden Körpers bemüht.

Der rote Klostopfer kam vorbei geflogen und Herr Huber fing ihn mit der ausgestreckten Hand ein. Mit einer grazilen Bewegung stieß er sich sanft, mit seinem rechten Fuß von einer Wand ab.
Den Sauger nach vorne gerichtet, schwebte er quer durch das Schiff und floppte sich an einer glatten Wandstelle fest.

«Grüß Gott, Huber - Gas, Wasser, Scheiße», stellte er sich den Umherfliegenden vor.

Autorenwort:
Unsere Zukunft im Hightech Standort Bayern.
Tradition und Fortschritt, sowohl in der Sprache als auch in der
Technik.
Heiter beschauliche Gedanken über den Chiemgau
in einer vielleicht gar nicht allzu fernen Zeit,
in einer noch immer bestehenden Europäischen Union.
Ich glaube, George Lucas hätte die Geschichte so begonnen:

„Es war einmal
vor langer Zeit,
in einer weit, weit
entfernten
Europäischen Union
in der Galaxis .... "

Eine Zehn-Minuten-Version dieser Story erhielt den ersten Platz in
München zur Haidhauser Werkstatt Lesung im Oktober 2010 und bei
der Veranstaltung „Lesen lassen" im Salzburger Literaturhaus am
20.09.2010 den zweiten Platz nach der Zuhörerabstimmung.

In diesem Buch ist die vollständige Version abgedruckt.

Autorenwort:

Diesmal nehme ich das Autorenwort vorweg. Zur Abwechslung ein lyrischer Ausflug.
Entstanden sind diese beiden Werke an einem Freitagabend während eines lyrischen Ausflugs zusammen mit Traunsteiner Damen im Frühjahr 2010.
Ein Gedicht - ein Satz – ein Wort - ein Gedanke dazu.

Dein Leben

Leise,
die Türe öffnet das Tor zum Leben,
die Zeit kostbar, zu kurz.
Am Ende schließt sich die Türe,
leise.
Fortschritt,
du brauchst ihn im Leben.
Steh nicht still, halt nicht zurück.
Finde deinen Weg, nenne ihn
Fortschritt.

Dein Leben

XII

Licht und Schatten wechseln einander ab.
Die Blätter tanzen sorglos im Wind.

Abraham ist vier Jahre alt.
Beeindruckt steht er unter der mächtigen Eiche.
Er blickt empor zur Krone.
Riesig, sein Gedanke; gewaltig, das Blattwerk.
Klein und unscheinbar erscheint er
unter dem imposanten Baum,
gewachsen aus der kleinen Frucht.

Abraham ist zwölf Jahre alt.
Ist er traurig, erinnert er sich
an das Sonnenlicht der Glückseeligkeit,
das durch die Blätter der alten Eiche schimmert,
ihn seit jeher fasziniert.

Abraham ist einundachtzig Jahre.
Er schließt seine Augen unter der Eiche.

Déjàvu

Gnadenlos unangenehm drang der Ton in sein Bewusstsein.
Seine Hand suchte im Halbschlaf umher.
Immer aufdringlicher wurde das Pfeifen.
Unterbewusst fand seine Hand den Weg.
Der Kopf konnte noch nichts steuern.
Die Finger tappten im Dunkeln ins Leere.
Seine Augen blinzelten. Wo war er?
Er musste endlich diesen schrillen Ton in seinen Ohren loswerden.
Seine Hand klatschte auf den Sensor des Radioweckers.
Ruhe.
Endlich.
Er war noch nicht so weit. Die Decke ans Kinn gezogen, rollte er sich
zur Seite. Stille hüllte sich um ihn, und er schlief augenblicklich
wieder ein.
Waren es nur Sekunden, die er eingenickt war?
Es schrillte erneut in seinen Ohren. Er schreckte aus dem Bett hoch
und erwürgte den Wecker.
Er sehnte sich danach, weiterzuschlafen, jedoch meldete sich sein
Verstand: es war wieder so weit! Täglich das gleiche Spiel von neuem!
Früh aufstehen, um pünktlich am Arbeitsplatz zu sein.
Den ganzen Tag schuften.

Das Licht der Nachttischlampe blendete ihn.
Mit zusammengekniffenen Augen blinzelte er die Umrisse seines
Schlafzimmers ab.
Mit den Fingern massierte er seine Augenlider.
Im Bett sitzend streckte er die Arme empor, um sich aus der
nächtlichen Krampfhaltung zu lösen.

Barfuss torkelte er ins Badezimmer und stellte die Dusche auf warm.
Seine Hand ruhte kurzzeitig auf der Armatur.
Sein Gehirn spielte die gleiche Bewegung ein weiteres Mal ab. Es kam
ihm so vor, als hätte er das Wasser heute bereits einmal aus dem
Brausekopf herabgelassen.
Nein, seine Müdigkeit gaukelte ihm nur etwas vor.
Unter dem Wasserstrahl konnte er sich sammeln und beleben.
Nachdem er seine Morgentoilette beendet hatte, ging er in die Küche.
Aus dem Kühlschrank zog er eine schlecht verschlossene Packung
Mortadella heraus.
Er drehte sich um und stieg auf den Öffner des Mülleimers.
Gerade wollte er die ganze Packung in das weit geöffnete Maul des
Abfallbehälters hineinfallen lassen, als er zurückzuckte:
War er noch immer schlaftrunken?
Wie kam er dazu, die Wurst wegzuwerfen? Das Datum war
abgelaufen. Das wusste er. Deswegen wollte er sie in den Mülleimer
werfen.
Zuvor hatte er keinen einzigen Blick auf das Datum geworfen.
Trotzdem wusste er, dass die Haltbarkeit um vier Tage überschritten
war.
Um das aufgedruckte Datum ablesen zu können, drehte er die
Verpackung.
Die Drehung seines rechten Handgelenks kam ihm ins Bewusstsein.
Er führte diese Bewegung aus, und sein Gehirn überblendete sie.
Das gleiche Bild stellte sich vor seinem inneren Auge dar.

Für Sekunden bestand seine Wahrnehmung aus einem Mix aus Gegenwart und Vergangenheit. Es lagen nur Millisekunden dazwischen. Hatte er das Datum zuvor abgelesen und es vergessen? Nein, er musste es gesehen haben. Warum sonst sollte er die Wurst im Abfalleimer entsorgen?

Das Bild empfing er wie in Trance. Nur ein Sekundenflash. Eine ganz kurze Einblendung reichte aus, um sein Gehirn zu verwirren. Es war, als stünde er neben sich.

Das Haltbarkeitsdatum lag vier Tage zurück.

Er zwang sich, das Bild aus seinem Kopf zu verbannen und blickte auf die Verpackung in seinen Händen: Es war die richtige Entscheidung. Das Datum war tatsächlich abgelaufen.

Die Packung fiel in den Mülleimer, und der Deckel schnappte zu.

Etwas durcheinander verließ er ohne Frühstück seine Wohnung und ging die Treppe hinunter.

Im Erdgeschoss stand eine Wohnungstüre offen. Carina Rothe stand in einem fliederfarbenen Bademantel und Plüschschlappen im Flur. Sie zog eine Zeitung aus ihrem Briefkasten.

Er ging an ihr vorbei, ohne ein Wort.

«Guten Morgen, Tobias. Schon ausgeschlafen? Du schleichst dich wortlos an mir vorbei?», sprach sie ihn an.

Er blieb stehen und wunderte sich. Hatte er sie nicht bereits gegrüßt? Oder etwa doch nicht? Hatte sie es nur überhört?

Im Normalfall wäre er jetzt von ihrem reizvollen Anblick begeistert gewesen. Ihre beiden Bademantelhälften waren mit einem lockeren Hüftband nur dürftig zusammengehalten.

Heute blickte er sie nur verwirrt an.

«Hallo Carina. Ich habe ...», wollte er zu einer Erklärung ansetzen, unterbrach jedoch den Satz, da er nicht wusste, wie er es beschreiben sollte.

«Guten Morgen Carina, ich bin heute etwas übermüdet. Jochens Geburtstagsparty endete wohl doch etwas spät, gestern.»

«Ja, ziemlich spät! Die Unterhaltung mit dir war aber sehr nett. Ich wusste gar nicht, dass so ein überaus sympathischer Mann drei Stockwerke über mir wohnt. Da lebt man schon ein ganzes Jahr im selben Haus und lernt sich erst jetzt bei der Feier eines anderen Hausbewohners kennen!»

«Äh, ja stimmt», nickte er verlegen.

«Wir müssen unbedingt mal zusammen einen Kaffee trinken.»

Er blickte sie an und hörte ihre Stimme in seinem Kopf - *Wenn du heute Abend Zeit hast, klingle doch einfach mal bei mir*. Es war ganz deutlich zu vernehmen. *Ja gern. Auf einen Kaffee mit dir würde ich mich freuen*. Es war wie ein Film, der in Sekundenbruchteilen ablief.

Als er gehen wollte, sagte Carina: «Wenn du heute Abend Zeit hast, klingle doch einfach mal bei mir.»

Hatte sie dies bereits gesagt oder drangen ihre Worte nur zu spät in sein Gehirn vor? Eine Überschneidung, dachte er.

Eine Doppelung, die seinen müden Kopf total durcheinander brachte.

Das ist ein Déjàvu, durchzuckte es ihn.

Dafür gibt es wissenschaftliche Erklärungen.

Er hatte schon mal was darüber gelesen, aber es interessierte ihn nicht sonderlich, so dass er es wieder vergessen hatte.

Irgendwie musste das mit verspäteten Reizübertragungen im Gehirn zusammenhängen.

«Ja gern. Auf einen Kaffee mit dir würde ich mich freuen», stammelte er verwirrt.

Nachdenklich blickte er auf die Zeitung in ihrem Arm.

Dabei zog Carina das Band ihres Bademantels etwas enger.

Gastronomie seit gestern rauchfrei.

Diese Schlagzeile hatte er heute doch schon gelesen.

Nur wo? Er hatte noch keine Zeitung in den Händen gehalten, seit er am Morgen aufgestanden war.

In der Nähe des Traunsteiner Krankenhauses fuhr er seinen silbernen Astra aus der Tiefgarage und stellte das Radio an.

«A8 - München in Richtung Salzburg. Zwischen den Anschlussstellen Neukirchen und Anger drei Kilometer Stau aufgrund eines Pannenfahrzeugs. Bundesstraße Grabenstätt in Richtung Grassau. Vor Grassau ein Unfall. Bitte fahren sie in diesem Bereich langsam. Und nun weiter in unserem Morgenprogramm auf ihrer Bayernwelle.» Tobias hatte den Sprecher der Verkehrsnachrichten nicht wahrgenommen. Einerseits konzentrierte er sich auf den Stadtverkehr, andererseits kamen ihm diese Déjàvus von heute Morgen immer noch sehr merkwürdig vor.

Um zwei Uhr morgens ins Bett zu steigen, und dann um sechs Uhr erbarmungslos von diesem Folterwecker aus dem Tiefschlaf gerissen zu werden, das war echt hart. Vermutlich hatte er noch Restalkohol im Blut. Als er in sein Auto gestiegen war, hatte er daran überhaupt nicht gedacht. Schlechtes Gewissen überkam ihn.

Nun war es zu spät. Er fuhr ja bereits aus der Stadt hinaus. Vielleicht sollte er die Verabredung mit Carina doch absagen und heute Abend lieber früh zu Bett gehen. Er brauchte dringend Erholung. Andererseits, dieser Bademantel ...

Seine Reaktionsfähigkeit war nicht optimal. Er hatte wohl doch noch mehr Alkohol abzubauen, als er es sich eingestehen wollte. Doch wer sollte hier auf der Bundesstraße am frühen Morgen denn schon eine Alkoholkontrolle durchführen? Es war ja nur eine Ausnahmefahrt. Nächstes Mal wird nicht mehr in diesem Zustand gefahren oder nicht so lang und heftig gefeiert, besonders dann nicht, wenn er am nächsten Tag zur Arbeit fahren musste, nahm er sich fest vor.

Seine Augenlider waren schwer. Genauso schwer wie seine Arme. Oh je, wie werde ich wohl diesen Arbeitstag überstehen?, fragte er sich.

Nun war es nicht mehr weit. Er befand sich schon kurz vor Grassau.

Plötzlich erschrak er. Er zuckte zusammen. Sein Herz pochte. Ein Reh war aus dem Wald auf die Straße gesprungen. Es ging so schnell. Er wollte noch bremsen. Sofort war er hell wach. Er blickte vor sich auf die Straße. Das Reh war nicht mehr da. Weder lag es vor seinem Auto, noch war es in den Wald geflüchtet.

War er etwa eingenickt? Hatte er von dem Reh nur geträumt?

Da sah er das Auto. Es war von der Straße abgekommen und an einen Baum geprallt.
Himmel, auch das noch!
Ein Unfall!
Seinen Astra brachte er am Straßenrand zum Halten.
Er sprang die Straßenböschung hinab zu dem silbernen Unfallwagen.
Dieser klebte regelrecht an dem Baum. Es roch nach Öl und Benzin.
Aus diesem Schrotthaufen kam bestimmt niemand lebend heraus.
Ein totes Reh lag im Gebüsch.
Langsam ging er zur Fahrertüre. Als er in das Wageninnere blickte, sah er sich selbst darin sitzen.
Er blickte zurück zu seinem Fahrzeug, doch die Straße war leer.
Ein Déjàvu...

Autorenwort:

Das war doch schon mal? Das habe ich doch schon mal erlebt?
Diese Geschichte gibt es bereits?
Dann ist *das* einzig und allein Dein Déjàvu.

Diebestour

Samstagnacht, irgendwo in Bad Reichenhall.
«I hob´s obcheckt. Die san no a Woch im Urlaub.»
«Oukä ün woohär willste wissen, dass in däm Hooaus Binunnsen zü
hoolen sin?»
«Mei Quelln is sicher. Die ham an Safe in der Hütten.»
«Des haißt nu loong nischt, dass in dem Säfe was drünn is.»
«Vertrau mir. Mir Bayern san die Technik- Freaks, deswegn
übernimm i den Safe. Ihr aus´m Osten seids die Organisierer. Drum
kümmerst du di um an Fluchtwagen. Des Ding is easy, glab mir.»
«I brauch ungefähr a Stund im Haus. Du machst di in da Zwischenzeit
aufn Weg und knackst a Auto. Schau zua, dass du wieda rechtzeitig
vorm Haus bereitstehst, wenn i mit dem Safe rauskimm.»
«Kooa Problääm Mann, a Äuddo bekomm isch schoo. Doa koonnst
disch auf misch voorloossen. Due, die hoobm ä Älärmanloogsch nöbn
dä Häusdüre. Woos ist, wenn die loosdüüdelt?»
«Koa Sorge, du bist ja mit an Spezialisten auf Tour.»

Martin machte sich auf den Weg, um nach einem geeigneten Fahrzeug
zu suchen.
Robert drang problemlos in das Haus ein.
Diese billigen Alarmanlagen waren für ihn nicht mehr, als eine
Nervenberuhigung für die Hausbesitzer.
Robert vergeudete die Zeit nicht damit, den Safe im Haus zu knacken.
Mit einem Brecheisen hebelte er den eingemauerten Safe,
der etwa die Größe eines alten Computermonitors hatte, aus der Wand
heraus und trug ihn vor die Haustür.

Martin sprang aus einem Fahrzeug heraus und eilte nach hinten, um die Doppeltüren zu öffnen.

«Oh mei Gott. Was isn des?», entfuhr es Robert entsetzt.

«I hob gsogt, du soist di um a Fahrzeug kümmern und ned um a Rostschaukel», sagte er fassungslos und stellte den Safe auf der Ladefläche ab.

«Nu, isch wusst dooch nöed, wie grooß der Säfe ist. Hier könn ma des Gelumbbe dooch bequäm einloaden. Un früha ham mir ooch keene bessern Äuddos besessen», antwortete Martin und schlug die Doppeltüren des italienischen Kastenwagens kräftig zu.

«Den Safe hätt ma a in an BMW einischmeißen könna », schüttelte Robert verständnislos den Kopf.

Sie sprangen schnell in den Wagen, und Martin startete.

«Nix wia weg da. Auf wos wartst denn no?», drängte Robert.

«Isch koonn den Roockwärtsgoong nöed einlääschen», sagte Martin kleinlaut.

Robert schlug sich mit der flachen Hand gegen die Stirn.

Martin rührte den Ganghebel. Das Fahrzeug machte einen Satz nach vorne und prallte mit der Motorhaube an die Hauswand. Die Hupe ertönte laut.

«Ei verbibbsch, de Duuddn is abba jctz voon alää loosgoongn», entschuldigte sich Martin.

Was Robert mit Mühe verhindern konnte, passierte jetzt:
Die Alarmanlage am Haus heulte los.

«Jetz werds brenzlig», meinte Robert.

Martin schüttelte seinen Kopf. Keine Chance, den Rückwärtsgang rein zu drücken.

«Dös Gelumbbe is doodal ausgnüddlt.»

Robert sprang aus dem Fahrzeug und schob es rückwärts aus der Einfahrt auf die Straße.

«Wos is los? Gib Gas», drängte Robert.

«Nu, der Mootör nüggelt ünrägelmäßisch», zuckte Martin mit den Schultern. Der Wagen tuckelte mit sechzig km/h vorwärts.

Regen setzte ein und Martin schaltete die Scheibenwisch an.
Beim ersten Schwung flogen die Wischerarme von der
Windschutzscheibe und landeten im Straßengraben.
Martin bremste und lief zurück, um die Wischer zu holen.
«Bist narrisch, glei fahrt die Polizei auf, und du sammelst Wischer
ein.»
«Wenns noo stärkär sdräschen oofängt, wärden wir nix mähr sähen»,
sagte Martin und montierte seelenruhig die Wischer wieder auf den
Antrieb. Robert verdrehte die Augen.
Als das Fahrzeug wieder in Schwung kam, klappte eine der
Doppeltüren hinten auf und ein Luftzug strömte herein.
Die Wischer flogen erneut in hohem Bogen vom Fahrzeug.
«Wennst jetzt nohamal stehn bleibst, würg i di», drohte ihm Robert.
« Du guugg emol. Isch gloob mäine Oochn sän gnille, da stähn de
Büllen. Äine Strooßenspärre», rief Martin.
«Fahr dro vorbei», befahl Robert.
Martin rührte wieder den Ganghebel.
«Jätz hoob ich däs Gelummbe äus versähn heroousgerissen.»
Martin hielt Robert den Ganghebel vor´s Gesicht.
«Herrschaft Zeitn, wia kon ma bloß a so a Schrottkisten klaun?», rief
Robert verzweifelt.
Martin bremste vor der Polizeikontrolle.
Dabei schlug die offene Hecktüre wieder zu.
«Jetzta finden´s den Safe», resignierte Robert und versuchte, die
Seitenscheibe hinunter zu kurbeln.
Diese sauste in einem Rutsch nach unten.
«Guten Abend. Polizeikontrolle. Ein Safe wurde gestohlen.
Wir müssen einen Blick in ihr Fahrzeug werfen», sagte der
Polizeibeamte freundlich.
Robert rutschte in seinem Sitz nach unten.
Der Beamte leuchtete in den Laderaum des Kastenwagens.
«Danke, sie können weiterfahren», winkte er ab..
Martin fuhr im vierten Gang stotternd an.

Robert drehte sich ungläubig nach hinten.

Der Laderaum war leer.

Der Safe musste mitsamt der Laderaummatte aus dem Fahrzeug gerutscht sein.

«Nu jätz hom ma Duussl ghabt. Manchmool hat es doch Voorteile, wenn man soo ä Gelummbe von Äuddo klaout»,

zwinkerte ihm Martin zu.

Autorenwort:

Ein Sächsisch- Sprachkurs für Anfänger, den ich besucht habe, reichte noch nicht aus, um mir die Schriftkultur dieser melodisch genialen Aussprache, in Schriftform korrekt auf´s Papier zu bringen.
Ich habe einiges „gegoogelt" (ich vermute, die „oo" Betonung hat ebenfalls sächsische Wurzeln) und einiges nach „Gehooör" geschrieben.

„Die Bevölkerung Sachsens schrumpft bis 2040 kräftig, während die von Bayern leicht anwächst.
Das ist eine der Kernaussagen einer Studie zur demographischen Entwicklung in den Ländern.
Die aufgezeigten Entwicklungen sind vor allem durch die in der Höhe divergierenden Wanderungen geprägt. "

Ei verbibsch, dieser Studie kann ich nur zustimmen.
Viele Sachsen sind schon ins schöne Bayernland „gewandert".
Vermutlich, weil wir hier so viele„in der Höhe divergierende" Wanderwege haben.
Schon die ersten Könige von Sachsen und Bayern waren verschwägert.
Außerdem gibt es eine Internetseite Bayern-Sachsen.de.
Also habe ich noch Hoffnung, dass ich diesen Dialekt bald besser beherrsche.
Falls beim Lesen Verständnisprobleme auftreten sollten:
Es gibt bei mir auch die übersetzte Version der Geschichte.

Autorenwort:

Nun möchte ich Euch die beiden letzten Geschichten meines Buches vorstellen.
Allgemein hört man es immer öfter: Kinder lesen zu wenig.
Die Medienvielfalt ist heute größer als vor Jahrzehnten.
Das Buch ist ein uraltes Medium. Werden uns die neuen Medien ebenso tausende von Jahren erhalten bleiben?
Es gibt viele neue Kindergeschichten aus den letzten Jahren.
Zauberer, Trolle, Vampire, sie sind allgegenwärtig.
Durch solche Bücher wurden viele Kinder wieder zum Lesen angeregt.
Einerseits ein Erfolg, nicht wegzureden, andererseits liegen in diesen phantastischen Geschichten oftmals Glück und Horror eng zusammen.
Lesen Eltern, was in den Büchern ihrer Kinder steht oder verlassen sie sich auf die verkaufsorientierten Altersempfehlungen der Verlage?
Gemeinsam Lesen macht Kindern immer Spaß!
Setzt euch doch mit euren Kindern, Enkeln, Nichten oder Neffen mal zusammen in eine gemütliche Ecke, lest die beiden folgenden Geschichten und unterhaltet euch mit den Kindern darüber!
Oder versetzt Euch einfach mal wieder in Eure eigene Kindheit zurück...

Die Geschichten entstanden im Herbst 2009.
Ich empfehle sie für Kinder im Alter von 7 – 99 Jahren.

Was denkt ihr darüber?

Eine Rose Von Abdel

Abdel beobachtete eine kleine Gruppe lachender Kinder mit zerschlissenen Taschen und Rucksäcken auf ihren Schultern. Er wusste, dass diese Kinder zur Schule gingen. Was sie aber dort eigentlich machten, wusste er nicht. Er war noch nie dort gewesen.

Barfuss saß er auf einem Mauervorsprung, schob mit seinen Zehen den Sandstaub vor und zurück und dachte nach…: Einige Erwachsene sagten, Schule sei gut. Man lerne dort etwas. Sein zwei Jahre älterer Bruder Aziz war bis jetzt auch noch nie zur Schule gegangen. Würde Aziz die Zeit in der Schule verbringen, könnte er nicht die Schuhe der Touristen putzen. So hatte er wenigstens einen Job und konnte etwas Geld verdienen.

Eigentlich war Abdel auch schon alt genug, um in die Schule zu gehen. Er war bestimmt fünf plus zwei oder drei Jahre älter, überlegte er. Irgend so was. Sein Vater kannte diese Zahl, glaubte er. Zahlen waren nicht Abdels Stärke. Er wusste nur, dass eine Hand fünf Finger hat. Er hatte zwei Hände mit zweimal fünf Fingern.

Er hielt seine Handflächen nebeneinander und überlegte, wie Zählen geht. Er schaute auf seine rechte Hand. Fünf Finger. Sein Blick wechselte dann zu der linken Hand. ... vier ... fünf…. Der kleine Finger der linken Hand könnte eine höhere Zahl sein. Er erinnerte sich gerade nicht daran. Gehört hatte er diese Zahl sicherlich schon einmal. Links sind es auch fünf, legte er sich fest. Wer braucht so was schon? Dann wusste er es eben nicht.

Die Sonne war noch nicht lange aufgegangen, doch es war bereits sehr heiß. Abdel schaute auf den Nil. Einige Fischer segelten mit ihren Feluken gerade stromaufwärts. Obwohl die braungrünen Wellen ständig versuchten, die kleinen Boote in die andere Richtung zu treiben, schafften die Fischer es gerade noch, dagegen anzukämpfen und gemächlich flussaufwärts zu schippern. Frauen knieten unten am Uferrand und reinigten Wäschestücke im Wasser. Daneben hielt ein Händler seinen Esel an einer langen Leine, die es dem Tier erlaubte, seinen Durst aus den Fluten zu stillen.

Es war Zeit.

Die Gärtner der wenigen Hotels, drüben an der Promenade, gossen schon vor Sonnenaufgang die Blumen. Danach sahen die Blumen frisch aus.

Später war meist niemand mehr da, der Abdel verscheuchen konnte. Barfuss schlenderte er über das Hafenpflaster. Seine Fußsohlen waren bereits genauso lederartig und widerstandsfähig wie die seines Bruders.

Mächtig wucherten die Rosenbüsche an den Eingangsportalen empor. Unzählige Rosenblüten erstrahlten in einem prächtigen und satten Dunkelrot.

Er wusste, dass es verboten war, Blumen vor dem Hotel zu pflücken. Aber er nahm sich ja jedes Mal nur ein paar Stück davon.

Es waren doch so viele, da bemerkte man gar nicht, wenn einige fehlten. Außerdem wuchsen ständig wieder neue Knospen nach.

Abdel ging langsam am Eingang vorbei. Mit kurzen Blicken überprüfte er, ob die Luft rein war. Niemand vom Hotelpersonal befand sich im Empfangsbereich. So lief er schnell zu einem der Sträucher zurück und brach vier Rosen ab.

Hastig eilte er mit den dornigen Stängeln in der Hand zum Hafen.

Er freute sich sehr, wieder einmal so wunderschöne rote Rosen ergattert zu haben.

Vier Rosen reichten. Mehr konnte er an einem Tag fast nie an die Touristen los werden. Er war ja nie alleine. Andere Kinder versuchten auch, mit ihren Blumen zu handeln. Da war es schwer genug, verkaufen zu können. Jeder hatte schließlich das Recht, etwas anzubieten. Jeder brauchte das Geld, also beschwerte sich Abdel nie über seine Konkurrenz. Immerhin brachte er abends immer ein paar Münzen nach Hause. Zwar nicht so viele wie Aziz oder sein Vater, aber auch sein Geschäft trug zur Familienversorgung bei.
Abdel hatte noch drei kleinere Geschwister, einen Bruder und zwei Schwestern. Die brauchten täglich etwas zu essen und konnten noch nicht selber Rosen verkaufen, da sie noch zu klein waren.
Der Vater hatte eine Angel und fing täglich ein paar Fische.
So kam die Familie einigermaßen über die Runden.
Abdel war stolz, ebenso wie sein Bruder Aziz mithelfen zu können.

Er setzte sich wieder auf die Hafenmauer und wartete. In der Ferne konnte er bereits eines der großen Nilkreuzfahrtschiffe erkennen.
Es würde nicht mehr lange dauern, bis es im Hafen war.
Das Schiff kam näher. Abdel konnte den Schiffsnamen nicht lesen.
Er hatte nie lesen gelernt. Aber das machte nichts. Er kannte viele der Kreuzfahrtschiffe, die hier stromauf- und -abwärts unterwegs waren.
Es war für ihn nicht schwer, sie zu unterscheiden. So gab er jedem Schiff seinen eigenen Namen. Dieses Schiff hieß „Coca Cola". Der Kapitän steuerte das Schiff langsam, aber sicher an seinen Anlegeplatz. Höher als alle Häuser thronte es nun hier im Hafen.
Seeleute sprangen an Land und vertäuten die dicken Seile an den Hafenpollern. Die Touristen blickten vom Oberdeck auf die umliegenden Dächer herab. Abdel schaute nach oben und winkte.
Niemand schenkte ihm Beachtung.

Zwei Männer schoben die Gangway des Schiffes hinaus aufs Hafenpflaster. Jetzt würden die Touristen bald herausströmen, freute sich Abdel.

Die ersten Leute kamen an Land. Abdel sprang auf und stellte sich einige Meter neben die Gangway. Schon standen ein weiterer Junge mit Rosen und ein Mädchen mit mehr als fünf Feigen auf einem Bastteller neben ihm.
Ein neues Schiff zog immer Warenverkäufer an. Abdel störten die anderen Kinder nicht. Es war wie auf einem Basar. Die besten Waren wurden von Kunden geschätzt und ausgewählt.
Seine Rosen waren sehr gut.
Abdel setzte sein freundlichstes Lächeln auf und hob seine schönste Rose mit ausgestreckter Hand hoch.
Er wunderte sich jedes Mal über diese fremden Leute. Sie trugen fast immer kurze Hosen, oft in grässlichen Farben, mit Tattoos darauf.
Meist trugen sie T-Shirts und noch hässlichere Kopfbedeckungen.
Sie sahen so anders aus als die Menschen hier im traditionellen Kaftan.
Abdel bewunderte zwar ihren großen Reichtum, aber wenn er sich dafür so anziehen müsste, dann würde er lieber hier bleiben wollen.

Eine ältere, grauhaarige Dame ging auf ihn zu. Er bot ihr eine Rose an und hob sie hoch zu ihrem Gesicht. Die Dame lächelte ihn an und nickte freundlich, während sie an ihm vorbeiging. Leider konnte er die Sprache der Touristen nicht sprechen. Er wusste nicht, wie er sagen sollte: Bitte, meine liebe Dame. Ich möchte ihnen diese wunderschöne Rose für eine Geldmünze geben. Die Blüte soll sie an einen herrlichen Tag hier bei uns erinnern.
So stand er, wie die beiden anderen Kinder auch, einfach da und bot seine Ware mit freundlichen, stummen Gesten an.
Immer mehr Touristen strömten aus dem Schiff und verteilten sich am Hafen, wanderten zum Basar und in die Töpferwerkstätten.

Viele schenkten Abdel keine Beachtung. Andere blickten schnell zur Seite, wenn er die Rose nach oben hielt.

Eine Familie mit einem Jungen in seinem Alter, fünf plus zwei oder drei Jahre älter, blieb stehen. Die Mutter sagte etwas zu dem blonden Jungen und gab diesem dann eine Münze.

Der Junge streckte Abdel die Münze entgegen. Abdel ergriff sie schnell und tauschte sie gegen die Rose. Der Junge gab die Rose an seine Mutter weiter. Die Frau lächelte Abdel noch flüchtig zu und verschwand dann mit ihrer Familie zwischen anderen Touristen.

Ein Mann mit einem dicken Bauch, so dick wie Abdel noch nie einen gesehen hatte, kam schweißüberströmt an ihm vorbei. Er unterhielt sich mit seiner Frau und wischte sich mit einem Taschentuch ständig über die Stirn, obwohl er gar keine schwere Arbeit verrichtete.

Abdel hob erneut eine Rose hoch, ganz nahe dem dicken Bauch.

Der Mann sah ihn finster an und schüttelte den Kopf. Bei dem Angebot des Mädchens nebenan grunzte er nur etwas Unverständliches. Vielleicht kannte er keine Feigen?

Immerhin, Abdel hatte es geschafft, eine Rose zu verkaufen.

Später hatte auch die „Barack Obama" angelegt, ein anderes, großes, neues Schiff mit drei Oberdecks. Abdel konnte noch zwei weitere Rosen verkaufen. Sein Vater würde mit ihm zufrieden sein.

Für Abdel war es ein erfolgreicher Tag.

Am späten Nachmittag kehrten die Touristen der „Coca Cola" zurück. Abdel hielt noch eine letzte Rose in seiner Hand. Keiner wollte sie. Schließlich kam der dicke Mann mit seiner Frau wieder.

Er schüttelte erneut mit bösem Blick den Kopf. Abdel wusste, dass er die Rose heute wohl nicht mehr verkaufen konnte. Bis morgen würde die Blüte verwelkt sein. Deswegen beschloss er, sie der Frau des dicken Mannes zu schenken. Er ging auf sie zu und drückte ihr die Rose in die Hand. Ein Dorn bohrte sich in ihren Zeigefinger.

Erschrocken und mit einem spitzen Aufschrei zog sie ihre Hand zurück. Ihr Mann schüttelte verärgert wieder seinen Kopf und zog seine Frau an der Hand hinüber zum Schiff.

Ein anderer Mann kam hinterher, bemerkte die auf dem Boden liegende Rose nicht und trat mit seinem Schuhabsatz drauf.

Abdel betrachtete traurig die Rose. Rote Blütenblätter, zerquetscht auf einem Pflasterstein.

Er wunderte sich, warum diese Touristen so unfreundlich waren.

Am nächsten Morgen stand Abdel wieder am Hafen, um Rosen zu verkaufen.

Die „Coca Cola" lag noch im Hafen. Nach einiger Zeit traten die ersten Touristen ihren morgendlichen Landgang an. Später kamen auch wieder der dicke Mann und seine Frau vorbei. Die Frau drängte den Mann, einen größeren Abstand zu Abdel einzuhalten.

Abdel lächelte wieder freundlich und bot eine Rose an.

Der Mann sah kurz zu Abdel hinüber und raunzte nur.

Das Paar schlenderte über die Hafenpromenade davon. Als sie einige Schritte entfernt waren, beobachtete Abdel, wie der dicke Mann ein Taschentuch aus seiner Hosentasche hervorholte, um seine Stirn abzuwischen. Als er das Taschentuch herauszog, fiel seine schwarze Brieftasche zu Boden, ohne dass der Mann oder seine Frau es bemerkten. Sie gingen einfach weiter. Abdel sah nach allen Seiten, ob das noch jemand beobachtet hatte, aber niemand reagierte.

Die schwarze Brieftasche lag einfach auf dem Pflaster.

Abdel überlegte, was er machen sollte.

Der Dicke und seine Frau waren nicht freundlich zu ihm gewesen. Die Touristen hatten sicher immer eine Menge Geld in ihren Brieftaschen. Wie viele Rosen würde er für so eine Brieftasche verkaufen müssen? Bestimmt fünf und noch mal fünf und noch mal fünf und noch mal fünf.

Abdel überlegte nicht mehr lange und spurtete zu der Brieftasche.

Er hob sie auf und sah die Geldscheine, die darin steckten.
Fünf und noch drei oder vier.
Er klappte sie zusammen und steckte sie unter seinen Oberarm. Der
Dicke und seine Frau waren bereits weiter am Hafen entlang
gegangen.
Abdel zögerte nicht und rannte los.
Schnaufend holte er die beiden ein und stand mit den Rosen in der
Hand vor ihnen. Der Mann zog genervt seine Frau an der Hand um
Abdel herum und schüttelte wieder seinen Kopf.
Abdel überholte die beiden erneut und hielt dem Mann nun seine
Geldtasche entgegen.
Erschrocken griff der Mann sofort nach seiner Kostbarkeit, öffnete sie
und blickte hinein. Zufrieden nickte er Abdel zu und grunzte wieder
etwas. Dann setzten die beiden ihren Weg fort.
Abdel wollte noch eine Rose feilbieten, aber zu spät.
Er schaute ihnen noch nach und kehrte wieder zu seinen Platz zurück.

Bis zum Nachmittag saß Abdel auf der Mauer und wartete auf
Kunden. Die Nachmittagssonne spiegelte sich im Nil und blendete
Abdels Augen.
Der Dicke und seine Frau kamen wieder zur „Coca Cola" zurück.
Die Frau zupfte ihren Mann am T-Shirt. Sie blieben bei Abdel stehen.
Der Mann zog seine Brieftasche heraus und gab Abdel einen
Geldschein. Diesmal verwandelte sich sein sonst so finsterer Blick
sogar in ein leichtes Lächeln. Aus seiner Hosentasche holte er noch
einen Kugelschreiber hervor und überreichte ihn Abdel ebenfalls.
Abdel schenkte der Frau dafür seine schönste Rose.
Die Frau nahm sie lächelnd entgegen.
Das Paar nickte Abdel zum Abschied zu und verschwand schließlich
in der „Coca Cola".
Kurz darauf wurden die Leinen losgemacht, und die Schiffsmotoren
sprangen an. Das Schiff bewegte sich langsam von der Hafenmauer

weg und setzte seine Reise fort. Irgendwann würde es hierher zurückkommen und wieder neue Touristen mitbringen.

Abdel betrachtete den prunkvollen, perlmuttfarben schimmernden Kugelschreiber in seiner Hand und überlegte, ob es damit nicht wunderbar wäre, Schreiben und Rechnen zu lernen?

Der Mond ist bereits verschenkt

Quietschend schwang die Verandatüre auf und die alten, ausgetrockneten Bohlen knarrten bei jedem seiner Schritte. Er setzte sich auf den obersten Treppenabsatz der verwitterten Stufen und stützte sein Kinn in beide Hände. Die Ellenbogen bohrten sich durch die abgewetzte Jeans in seine Oberschenkel. Er hielt seinen Kopf schief und seufzte.

Draußen war es bereits dunkel. Schwach schimmerte das Licht durch die schwarzen Moskitonetze an den Fenstern und Türen, die das Innere des kleinen Holzhauses vor unliebsamen kleinen Stechgeistern schützten.

Die schwere, schwüle Hitze des Nachmittags, die das Abblättern der grauen Außenfarbe beschleunigte, war noch immer erdrückend.

Er hasste die Schwüle, und er war sauer auf zwei seiner Mitschüler.

«Irgendwann zeig ich es ihnen», dachte er still und missmutig.

Seine sonst so strahlenden, dunkelbraunen Augen blickten traurig auf den staubigen Boden vor der Treppe.

Er verzog seinen Mund zu einer schiefen Grimasse.

Die Verandatüre quietschte erneut und sein Vater kam heraus.

Er setzte sich neben ihn, faltete seine kräftigen Finger ineinander und stützte die muskulösen Unterarme auf seine Knie. Auf seinem rechten Innenarm thronte die Tätowierung eines Weißkopfadlers, der erhaben seinen Schnabel hob.

«Was ist los Yellow Crow?», fragte sein Dad.

Der schlanke Junge hob den Kopf, und mit einer schwungvollen Drehung warf der seine glänzend schwarzen Haare, die tief in sein Gesicht hingen, zurück. Er sah seinen Dad vorwurfsvoll an.
Mit diesem Namen wollte er nie wieder angesprochen werden.
Dieser Name ist ein Überbleibsel aus einer vergangenen Epoche, das niemand mehr brauchte, und er schon gar nicht.
Sein Name war John River.
Jedoch gab es in seiner Familie einen Brauch aus dem letzten Jahrhundert: Zu seinem gesetzlichen Namen bekam jeder auch einen traditionellen Stammesnamen.
Obwohl er, wie alle anderen Kinder, ein amerikanischer Junge war, dachten einige Jungs aus seiner Schule, sie seien mehr wert als er.

«Ich gehe nicht mehr in diese Schule», sagte er zornig.
«Ich spreche die gleiche Sprache und lebe schon immer in der selben Stadt.
Trotzdem sagen einige Mitschüler, ich solle von dem Stück Boden zurücktreten, auf dem sie gerade stehen», fügte er vorwurfsvoll hinzu.

«Sie haben nicht das Recht, so etwas zu dir zu sagen», versuchte ihn sein Dad zu beruhigen.

«Die Menschen hatten auch damals kein Recht, so etwas zu unseren Vorfahren zu sagen.
Jetzt werfen mir die Jungs meine Abstammung vor und beleidigen mich dadurch. Das ist ungerecht», hielt der Junge dagegen.

Sein Vater verstand und spitzte die Lippen. Yellow Crow kam in ein Alter, in dem Kinder beginnen, Unterschiede zu erkennen und wie diese gegeneinander ausgespielt werden.
«Kleine Kinder spielen miteinander und achten nicht auf die Hautfarbe. Die Jungs, die Dich wegen deiner Hautfarbe jetzt ablehnen, haben in den letzten Jahren immer mit dir gespielt.

Nun sind sie älter und werden von der Welt der Erwachsenen beeinflusst. Neid und Missgunst erwachen erst durch die Stimmen anderer», erklärte ihm sein Dad.
«Das Land gehörte *unseren* Vorfahren.
Die wissen gar nicht, auf welchem Boden *sie* stehen.
Der Boden wurde *uns* gestohlen», beschwerte sich John.

Der Vollmond leuchtete groß und eindrucksvoll am Abendhimmel. Richard River blickte hinauf. Seine langen schwarzen Haare hatte er im Nacken zu einem Zopf zusammengebunden. Eine Sternschnuppe tauchte am Himmel lautlos aus dem Nichts auf, huschte vorbei und verschwand ebenso schnell wieder.
Er verstand die Schwierigkeiten seines Sohnes sehr gut, war er doch in jungen Jahren mit ähnlichen Problemen konfrontiert gewesen.
Probleme, die sein Volk seit Generationen zu tragen hatte.
Eine Last, die sich nur zäh und schwer abschütteln ließ.

«Dein Ur-Ur-Ur-Großvater Dark Cloud war ein weiser Häuptling eines kleinen Indianerstammes. Zu dieser Zeit gehörte das Land niemandem. Das Land, die Berge, die Flüsse, alles war vorhanden, um es zu benutzen. Jeder Stein, jeder Baum hatte seinen Nutzen als Teil der Natur, in der die Tiere lebten und unsere Vorfahren ebenso. Die Natur konnte man nicht besitzen. Alle Menschen und Tiere lebten im Einklang mit der Natur», beschrieb sein Dad die damalige Lebensweise.
John hörte ihm aufmerksam zu und stützte sich dabei mit den Händen auf den Verandabohlen hinter sich ab.
«Dark Cloud hatte damals auch einen Sohn in deinem Alter.
White Cloud war sein Name», erklärte sein Dad.
„Auch so ein armer Junge, der mit einem schrecklichen Indianernamen leben musste", dachte John.

«White Cloud lernte alles, was für einen Indianerjungen in seinem Alter wichtig war: z.B. den Pfeil auf den richtigen Weg zum Ziel zu bringen, auf die Jagd zu gehen und Felle zu gerben, die ihm in der kalten Jahreszeit Schutz boten.
Er achtete das Gesetz, nur so viel von der Natur zu nehmen, wie zum Überleben nötig war.
Er verstand auch die Seele seines Pferdes und brauchte keinen Sattel bei seinen Ausritten. Zusammen mit seinen Freunden ritt er gern durch die Wälder oder in die Berge», berichtete sein Dad.

«Eines Abends saß White Cloud mit seinem Vater vor dem Tipi am Lagerfeuer und Dark Cloud rauchte zufrieden seine Pfeife…».
So begann sein Dad, die Geschichte von damals zu erzählen…:

«Ich bin heute mit meinen Freunden ausgeritten" berichtete White Cloud. „Oben in den Bergen sind wir von unseren Pferden abgestiegen und haben uns umgesehen. Auf dem Weg war mir dieser Stein aufgefallen, und ich wollte ihn aufheben.
Mein Freund Firc Horse aber hat behauptet, er hätte ihn zur gleichen Zeit gesehen und wollte ihn für sich beanspruchen.
Ich habe ihm deutlich widersprochen.
Also haben wir zuerst darum gerungen.
Zur Klärung unseres Streits riefen wir schließlich einen Wettbewerb aus. Wir wählten unsere Bögen und je zehn Pfeile als Waffen.
Der Gewinner sollte den Stein bekommen.
Wir suchten uns einen alten vertrockneten Baum und stellten uns gute vierzig Schritte davon entfernt auf. Derjenige, der mehr Pfeile im Stamm versenken könnte, würde als Sieger hervorgehen.
Fire Horse hatte zuerst gezielt und auch getroffen. Nacheinander zischten unsere Pfeile lautlos vorwärts.

Die Pfeilspitzen schlugen mit einem lauten Klacken in die Rinde ein und bohrten sich ins Holz.

Nach je fünf Pfeilen stand es noch immer unentschieden.

Dann sausten zwei Pfeile von Fire Horse nacheinander am Baumstamm vorbei. Das war meine Chance. Ich traf.

Zuletzt hatte ich dreimal öfter getroffen als er.

Damit hatte ich das Bogenschießen und auch den Stein gewonnen.

Fire Horse war sauer, verloren zu haben, stieg auf sein Pferd und verschwand. Ich habe den Stein an mich genommen und ihn mit nach Hause gebracht. Er ist nicht nur wegen seiner Form, sondern auch wegen meines Sieges sehr wertvoll. Ich möchte ihn dir deshalb zum besonderen Geschenk machen», sagte White Cloud und hielt seinem Vater stolz einen handgroßen Stein entgegen.

Sein Vater nahm das Geschenk an, betrachtete den Stein, indem er ihn hin und her drehte und antwortete seinem Sohn:

«Dieser Stein hat die Form eines stolzen, sich aufbäumenden Wildpferdes. Er ist wunderschön und einzigartig. Ich danke dir für diese Aufmerksamkeit und werde das Geschenk annehmen.

Jedoch werde ich mir den Stein nur von der Natur ausleihen. Wenn die Zeit dafür kommt, werde ich ihn wieder an die Natur zurückgeben.

Die Natur gehört allen, und jeder hat ein Recht auf alle Dinge, die sie uns schenkt. Deswegen verstehe ich nicht, warum ihr euch um einen Stein gestritten habt?

Ihr solltet euch gemeinsam an dem Stein erfreuen.

Freundschaften sind wichtiger als Steine. Ein Stein kann dir niemals einen treuen Freund ersetzen». Dark Cloud bedankte sich zwar, ließ den Vorfall jedoch nicht auf sich beruhen.

«Du hast recht Vater, das war dumm von uns. Ich werde gleich morgen mit Fire Horse sprechen und mich entschuldigen.

Ich will, dass er immer mein Freund bleibt», nickte White Cloud nach einer Weile.

Das Lagerfeuer prasselte, und Funken wirbelten vom Holz in den nächtlichen Himmel empor.

Dark Cloud beobachtete, wie sie Saltos in der Luft schlugen und schließlich in der Dunkelheit verloschen.

Genüsslich nahm er einige Züge aus seiner geschnitzten Pfeife und blies den Rauch nach oben. Das lodernde Feuer zeichnete abwechselnd helle und dunkle Streifen über sein Gesicht.

Einige Zeit saß er stumm neben seinem Sohn und überlegte, dann deutete er mit dem Finger in den nächtlichen Himmel hinauf und bot ihm folgendes an:

«Ich schenke dir den Mond, mein Junge. Behalte ihn, solange du willst, und gib ihn der Natur zurück, wenn die Zeit dafür gekommen ist.»

«Den Mond? Aber den Mond kann ich nicht anfassen!»

White Cloud richtete den Blick in den Himmel und wunderte sich über dieses merkwürdige Geschenk seines Vaters.

Dark Cloud erklärte ihm: «Nicht alles in der Natur kann man anfassen oder betreten. An vielem sollte sich der Mensch nur mit den Augen erfreuen und es so zurücklassen, wie er es vorgefunden hat.

Das Leben unserer Stammesmitglieder ist ein Teil der Natur, und unsere Nachfahren wollen diese Natur genau so erleben, wie wir sie erlebt haben.»

„ Ja, mein lieber John, White Cloud hat damals verstanden, was sein Vater damit meinte und hat den Mond als Geschenk angenommen.

Irgendwann, als die Zeit kam und er eine eigene Familie hatte, schenkte er ihn seinem Sohn.

Dieser wiederum hat ihn an seinen Sohn weiterverschenkt.

Mein Vater hat ihn dann irgendwann mir geschenkt.

Nun ist es an der Zeit, dass ich *dir* den Mond schenke».

So beendete Johns Dad die Geschichte.

«Pah, von wegen den Mond verschenken. Das ist doch nur ein altes Indianermärchen. Da ist doch nichts Wahres dran. Solche Geschichten wurden an den Lagerfeuern unserer Vorfahren erfunden und dann weitererzählt», zweifelte John.

Der Vater sah John einige Momente in die Augen, dann stand er auf und verschwand im Haus.
John dachte noch einmal über die Geschichte nach.
Sicher, seine Vorfahren waren Indianer. Er hatte sich bisher nie besonders für seine Familiengeschichte interessiert.
Konnte er wirklich der Nachfahre eines so klugen und weisen Häuptlings sein? Er glaubte es in diesem Moment nicht.
Sein Vater hatte nur ein Märchen aus alten Zeiten erzählt, wie es andere Verwandte auch hin und wieder gerne taten.
Diese alten Geschichten wurden doch nur erfunden und haben nichts mit der Realität von damals zu tun.
Zu viele solche Erzählungen hatte er bereits bei Familienfesten gehört, so dass es ihm kaum möglich war, zwischen Wahrheit und Märchen zu unterscheiden.

Da kam sein Dad durch die quietschende Verandatüre wieder heraus und hielt etwas in den Händen, das John in der Dunkelheit nicht erkennen konnte.
«Ich habe ein Geschenk für dich», lächelte sein Vater.
Johns Augen blitzen auf.
Neugierig blickte er auf das, was sein Vater in seinen Händen versteckte.
Der Vater überreichte es seinem Sohn.
«Hier, das ist das „Märchen" unserer Vorfahren», zwinkerte er ihm zu.
John nahm es an und betrachtete es.
Es war ein Stein.
Sofort erkannte er seine Form:

Ein Pferd, welches mit den Vorderhufen in der Luft wirbelte.

Es war der besagte Stein!

«Ich leihe dir den Stein.
Wenn die Zeit gekommen ist,, dann gib ihn der Natur zurück
oder leihe ihn irgendwann an deinen Sohn weiter», sagte sein Dad.

John sah seinen Dad mit großen Augen an. Er konnte nicht glauben,
dass dieser Stein wirklich existierte.
Er war überwältigt.
«Der Stein und der Mond sind wundervolle Geschenke. Danke, Dad.
Dark Cloud hatte recht. Die Natur ist etwas Einmaliges.
Jeder Mensch hat ein Recht darauf.
Ich bin stolz auf meine Vorfahren.
Ich werde die Geschenke in Ehren halten und meinen Kindern später
davon erzählen.»

«Was hast du jetzt vor?», fragte sein Dad und stupste ihn mit dem
Ellenbogen an.

«Yellow Crow hat Hunger. Mom wird mit dem Essen schon auf uns
warten. Lass uns ins Haus gehen, damit es nicht kalt wird.
Danach muss ich noch Geografie lernen und dann bald zu Bett gehen.
Ich muss morgen wieder zur Schule, um mit meinen Freunden etwas
sehr Wichtiges zu klären», zwinkerte John.

Autorenwort:

Geschichten aus der Welt, um uns herum.
Einige meiner Geschichten habt Ihr in diesem Buch gelesen.
Manche haben Euch vielleicht gefallen, andere wieder nicht.
Interessen sind immer unterschiedlich.
Unterhalte Dich mit drei Menschen über ihren Geschmack,
und du wirst drei individuelle Meinungen hören.
Es ist schwer, Geschichten für jedermanns Geschmack zu schreiben.

Ich hoffe, das Buch hat Euch Spaß beim Lesen bereitet.
Vielleicht kann Euch die eine oder andere Geschichte zum
Nachdenken anregen.
Schreibt mir einfach, was Euch gefallen hat und was nicht.
Ich freue mich auf Eure Post an meine E-Mail-Adresse:
autorenwort@t-online.de

Autorenwort:

Mein letztes Autorenwort dieses Buches:
Habt ihr die Werbung schon vermisst?
Hier eine kleine Vorschau in eigener Sache:
Mein Kinder/Jugendroman ist fertig gestellt und bald erhältlich.
Neue Informationen findet ihr immer auf
www.autorenwort.de

Steve Hudson – Mission X3X7

Eine phantastische Reise durch die Galaxie.
Tauchen Sie ein in fremde Welten und Zivilisationen.

Aus einem Traum wird ein Abenteuer – Aus einem Abenteuer wird ein
Albtraum.

Steve lebt mit seiner Familie im mittleren Westen der USA.
Die Sommerferien beginnen.
Er erfüllt sich einen lang ersehnten Traum und kauft sich ein Teleskop.
Die Hoffnung, mit seiner Freundin Kate und seinem Freund Edward
einen Sommer voller Abenteuer zu erleben, ist groß.
Gemeinsam erforschen sie während eines Campingausflugs den
nächtlichen Sternenhimmel. Sie glauben, eine Sternschnuppe zu sehen,
dann ereignet sich jedoch etwas Merkwürdiges: Das Leuchten der
Sternschnuppe wird schnell größer, stürzt in den nahen Wald und
erlischt dort. Die drei Freunde laufen in den Wald. Aus einem
Versteck heraus entdecken sie ein großes Metallobjekt zwischen
gebrochenen Bäumen.
Sie beobachten, wie sich eine Luke öffnet und ein Mann heraussteigt.
In dem schwachen Licht, das durch die Öffnung scheint, ist es nur
schwer zu erkennen ...

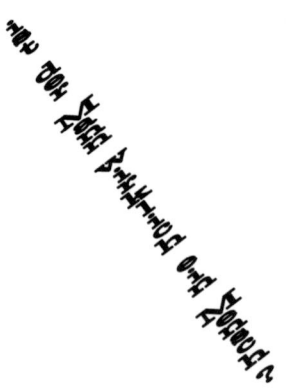